回国 33 天

八八 著

天津出版传媒集团

天津人民出版社

图书在版编目（CIP）数据

回国33天 / 八八著. —— 天津：天津人民出版社，
2018.1

ISBN 978-7-201-12851-1

Ⅰ.①回… Ⅱ.①八… Ⅲ.①长篇小说 – 中国 – 当代
Ⅳ.①I247.5

中国版本图书馆CIP数据核字(2017)第329420号

回国33天
HUIGUO 33 TIAN

出　　版　天津人民出版社
出 版 人　黄　沛
地　　址　天津市和平区西康路35号康岳大厦
邮政编码　300051
邮购电话　（022）23332469
网　　址　http://www.tjrmcbs.com
电子邮箱　tjrmcbs@126.com

责任编辑　王昊静
策划编辑　苏　醒　张意妮
装帧设计　余晓琛

制版印刷　北京富泰印刷有限责任公司
经　　销　新华书店
开　　本　880×1230毫米　1/32
印　　张　7.75
字　　数　170千字
版次印次　2018年1月第1版　2018年1月第1次印刷
定　　价　36.00元

引子

5 月 9 日

（美国）

星期一

晴

72°F

董小姐把一盒没拆封的验孕棒轻轻摆在 Safeway（西夫韦）超市柜台上，"这个能退吗？"董小姐说英文的语气比说中文时温柔了两个八度。

　　收银员是个二十出头的白人男生，西夫韦棕色的制服上别着一个名牌：Phillip（菲利普）。菲利普检查了一下盒子的封口，问："你有收据吗？"

　　"当然。"董小姐从包里翻出发票，"我今天早上才买的。"董小姐对此有点无奈，接着把一包卫生巾推给他："给这个结账。"

　　菲利普给卫生巾扫了码，问："你要塑料袋吗？"董小姐犹豫着点了点头。

　　菲利普把塑料袋递给她，示意董小姐刷卡、签字。唰——唰——退款收据、付款收据一一被菲利普扯下来。董小姐觉得菲利普脸上闪过一丝不经意的笑容，又可能是自己窃喜的倒影。拎着卫生巾从西夫韦超市走出来，董小姐觉得自己跟菲利普分享了一个不能说的秘密。

　　匹兹堡初夏的夜晚还算迷人。从阿勒歌尼山上望向市区，灯火阑珊一片，具有老牌工业城市特有的那种性感。董小姐住的公寓楼不高，三层，全小区有十来栋长得一模一样的楼房，在树林中难以分辨。公寓楼始建于20世纪70年代，正是毫无装饰的极简主义建筑风格大行其道的时候。

董小姐刚把亚马逊的包裹放在门口，准备腾出手来拿钥匙，"狗腿子"就循着声音活蹦乱跳地趴到门上。虽然只有三条腿，但是"狗腿子"到底是一只精神健全的土狗。从流浪狗收容所第一次见到它，其两眼就是现在这样亮闪闪的充满爱意，就算才离开半个小时，也像久别重逢一样激动不已。董小姐就喜欢它毫无保留的这种劲头。

董小姐把五瓶巨型善存片从亚马逊盒子里掏出来，沿着行李箱底边塞好，才想起还有前几天蹭邻居珍妮的会员卡从Costco（好市多）买的奶粉，箱子里还有五颜六色的婴儿服装，另外有五张绑在一起的婴幼儿卡通塑料拼接地板。她使出洪荒之力才把所有的东西压进箱子。现在问题来了：会计学校发来的录取材料应该放在随身的包里，还是放在回国的托运行李里呢？

"狗腿子"不由分说地把录取材料、I20表格扯得狼藉一地，迅速在各种花花绿绿的纸片中撒欢，起劲儿地撕咬起其中一本《研究生入学手册》，封面上一个亚裔学生手扶眼镜，看似前途一片光明。董小姐从"狗腿子"嘴里把残存的材料抢下，一起胡乱地扔进行李箱的夹层。

"装不下就把善存拿出来吧。我们主任挺好说话的，我再托别人给她带。你早点儿睡，别错过航班哟！"微信语音里，姚大夫甜腻的声音提醒着董小姐，她把床头的喜帖塞进包里。那巨大的红色喜字下写着——

送呈董晓萌及伴侣启：

　　谨定于 2016 年 6 月 11 日（星期六），为张晓先生和姚之好小姐举行结婚典礼。敬备喜筵，恭请光临。

　　董小姐至亲至爱的姚大夫终于也要领证了。结婚这件事好像加入少先队，越往后的批次人数越众多。这几年接到的婚讯仿佛夏天的洪汛一样排山倒海，避之不及。仗着远在他乡，董小姐已经不知侥幸躲过了多少个，但是姚大夫的婚礼董小姐不能躲，也不想躲。

　　"必须装得下。还有 28 个小时就见面啦！！"董小姐豪情壮志不言愁。姚大夫不是别人，她是董小姐从小到大最好的朋友，没有之一。所有女孩子都懂得，熟人和朋友没有什么区别，但是，朋友和闺密之间是有着不可言说且难以逾越的鸿沟的。所以，从这个角度来说，这个婚礼的仪式感对董小姐来说非比寻常。

　　董小姐一边等姚大夫回复，一边在微信朋友圈和 Facebook（脸书）上领了一下国内外友人新鲜派送的"狗粮"。她已经很久没有发朋友圈了。

　　上一次还是愚人节那一天，她发了一个自己戴着订婚戒指的照片。其实是她在网上下的图，戒指上的钻石大概有鸽子蛋那么大。她是美国时间 4 月 1 日午饭后发的，中国已经是 4 月 2 日了，所以闹了场大乌龙。

　　姚大夫那边一通恭喜，一股脑说了很多掏心掏肺的话。结果董小姐只好硬着头皮说："亲爱的，你知道我这人粗心大意惯了。我发微信的时候是美国的中午。你也知道，我们中间这 12 小时的

4

时差……"

"说不定你这回回国，汤姆就开窍了呢！"姚大夫的微信把董小姐拉回了现在进行时，"距离产生美嘛，你让他来受受婚礼的熏陶……"

"行了，八字还没有一撇呢，你就别瞎操心了！"董小姐说完，放下手机，生无可恋地昏睡了过去。

（第
一
天）

5 月 10 日

（美国）

星期二

晴

72°F

———

5 月 11 日

（中国）

星期三

雾霾

27°C

便宜的机票必然是周二中午的。董小姐的美国男朋友汤姆很忙，没有时间送行，朋友们不是忙着上班就是在家看孩子，苹果手机从头"撸"到尾，居然没有一个能指得上的。董小姐在"万恶"的资本主义国家住了这些年，去机场叫不起优步，还要订机场小巴。

把"狗腿子"托付给珍妮，关上公寓门，站在楼门口等车的时候，董小姐满脑子都是《二泉映月》的调子。小巴姗姗来迟，车上已经坐了七个人，种族、服饰、语言、气味各异，董小姐挤到最后一排角落里坐下，心里比较着七位乘客哪个看上去更像危险分子。

"姑娘，放假回家吗？"董小姐执着地看着窗外的云层，却被邻座的阿姨唤回了现实。

董小姐机械地点点头。

"大学几年级啦？"

"我硕士毕业都四年多了。"董小姐对阿姨稍有好感。

"哎哟，那得二十八九了，还真看不出来……"

董小姐想赞叹阿姨心算神速，但犹豫了一下没说话。五年前第一次回国的时候，转机碰见的这样的阿姨都是给儿子找对象的，先问年级学校，再问家住哪儿，恨不得飞机直接掉头把她送回美国的儿子那儿。一个在芝加哥一起候机的阿姨，连邮箱、手机号都给她要了去。一个月后董小姐回到美国，电话录音里果然有个男生支支吾吾的留言，当时觉得有点可怜，又有点可笑。现在想想，这会儿，那男生的孩子估计都能打酱油了吧。

"有孩子了吗？"

董小姐摇摇头。

"有朋友了吗？"

董小姐点点头。

"美国人吗？"

董小姐正犹豫着要不要回答阿姨的问话，感觉对这道题的作答将会成为对整个对话全面展开的默许。

阿姨似乎已经迫不及待了，把隔开她们的扶手一翻，眉飞色舞地说："美国人有什么好的啊！美国人不耗成老头儿才不愿意跟你结婚呢，能有个正经职业就牛气哄哄的，其实穷得不得了，好多还没还完学债，你还得替他背债。"

董小姐觉得如果自己是老虎机的话，阿姨说的情况她样样全中，现在应该全场铃声大作，她要双眼冒着777，从耳朵和嘴里涌出大批大批的金币来，砸满阿姨一身。

"阿姨，我喜欢女的。"不知道哪儿来的邪劲儿，董小姐轻声说。反正跟阿姨永不再见了，自己大龄未婚的始末这套800字说明文，将来在北京的大小家宴聚会上，董小姐有的是机会演练。这会儿，在飞机上还有几部最新的电影等着她"检阅"呢。

阿姨的惊叹直接被飞机发动机的噪音给吞没了。整个飞行中，除了帮空姐询问董小姐要鸡肉面还是牛肉饭，阿姨没有再问任何

9

问题。

飞机终于在雾霾中的北京稳稳当当落地了。在闸口的缝隙，董小姐玩了命地吸了一口带着机场油烟味儿的空气，到家了。

大概等了一个半小时，感觉全飞机几百号人的行李都出来了，董小姐才拿到自己的，箱子上的小星星贴纸都给蹭掉了，漂洋过海谁还不得损失一星半点呢。董小姐拿着行李匆匆走出海关。

一出门并没看见姚大夫和张老师，董小姐有点儿心虚，拿起手机又忘了里面有没有姚大夫的电话。老是不回国，她脑子里一个 11 位数的电话号码都没有，而且是不是得先连个机场 wifi 再发个微信给他们呀？

"董晓萌，你磨蹭什么呢？快陪我去尿尿！"逆着光，围栏尽头站着的一身灰色麻布裙子的姚大夫，白得像个美国穷人。

"我说让她去上厕所，她非不干，说你马上就出来了，一马上一个半小时过去了。你别抱太紧，再使点儿劲她就尿裤子了！"张老师依旧黑黑瘦瘦，一笑八颗牙又白又齐。当初在 400 人爆满的《中国近代史》大课上，就是这样迷惑了全场的医大生们和他终将娶回家的姚大夫。

董小姐情不自禁地把姚大夫抱得更紧了。

"哎呀，我真不行了！我这手术憋尿的本事都 max（极限）了。"姚大夫扔下行李和张老师，火急火燎地拉着董小姐往厕所跑。

董小姐的嘴角一直扬到耳根儿。大概十来年前初中那会儿，董小姐和姚大夫也是这么手拉着手跑着去全世界，上操、上课、上厕所都是这样拉着手去、拉着手回。20 世纪 90 年代末的学校全都是大工地，各种教学楼和实验楼在嘈杂声中拔地而起。她们俩在其中一个崭新的厕所里碰见了一个陌生的赤裸下体。厕所的门帘挡住了下体所有者的上身，两个人洗完手刚要往外走，被这一幕吓得僵在那里足有 10 秒，然后这个"无头"的下体就跑了，令董小姐想起机器猫里的一个情节。等姚大夫和董小姐回过神以后都傻笑起来，试图回忆刚才自己叫出声来没有，未果。姚大夫当时对男性器官远没有现在这样不屑一顾。

"原来人是会被吓呆的。"姚大夫美丽的大眼睛忽闪着不解和气恼。

董小姐当时就跟姚大夫说："下次让我再看见，我一脚飞踹上去！"

没想到这一天出现在两年以后。姚大夫和董小姐一起住校，学校的游泳馆刚开，两人游完泳准备离开的时候，救生员拿着池边的泳镜问是不是她们落下的。这时候，从男更衣室跑出一个全裸的男人，一边跑一边喊："哎——泳镜是我的！"董小姐看到赤裸的下体，多年的预演化成一脚飞踹过去，赤裸的中年男子在湿滑的泳池边应声倒地。

"哎哟——"

而这位中年男子不是别人，正是教导主任汪老师。实际上，汪老师并没有露阴癖，只是游完泳正准备洗澡之际，发现泳镜落在外面，又听外面在失物招领，就不自知地裸奔着出去认领泳镜了。董小姐在教导处赔一万个不是的时候，作为董小姐唯一有利证人的姚大夫忍着笑，眼泪都逼出来了。

国庆游行在天安门广场排练的时候，董小姐和姚大夫又拉着手去上厕所。厕所排队，排她们前面的一个女孩儿一听她们是师院附中的，马上问："董晓萌是你们学校的吧？她是不是预谋淹死你们教导主任却没成功？"姚大夫当时都笑得背过气儿了。

那笑声真好听。北京的夏天真好。

"男朋友没一起回来？"张老师帮董小姐推着行李问。

"他请不了那么长时间假。再过三周到，婚礼肯定能参加！"董小姐努力保证着。

"得嘞！我跟她大表姐汇报一声。"张老师话还没说完，被姚大夫狠狠扯了一把。

董小姐不以为然地对姚大夫说："放心，我和你表姐打不起来。我们俩最多也就是'八仙过海，各显神通'，为打造你的完美婚礼肝脑涂地。"

"还肝脑涂地，你有肝么你？"姚大夫宽慰地笑了。而董小姐拉着姚大夫的手都出汗了，就是不肯放开。

推着行李箱进电梯的时候，刚好碰见飞机上邻座的阿姨，看着董小姐拉着姚大夫、姚大夫拉着张老师这个阵势，阿姨什么也没说，揪了揪老伴儿的衣襟，偷偷瞥了瞥她们。董小姐马上洞察了一切，跟姚大夫耳语两句，姚大夫大大的眼睛亮了，把未婚夫张老师的头扭了过来，开始热吻，手还拉着董小姐。董小姐冲电梯里的两位老人挤了挤左眼，摇了摇拉着的手，再指指张老师，用口型说："他还不知道呢。"三个人就这么手拉着手，在惊呆的两位老人家的注目中走出电梯，走进北京夏日午后的停车场。

好容易到家，打开行李箱正要给二老献宝，董小姐的下巴差点儿掉下来。

"你这买的都是什么呀？"田会计握着茶缸走过来，"又都是给狐朋狗友带的吧？啧啧，这得多少钱啊？你算汇率的时候得按买的时候换啊，这两天人民币又跌了不少。"

没有小星星贴纸的箱子里满是名牌包、化妆品和女士服装，让人觉得是平行世界里另外一个更富有的董小姐应有的一切。

"拿错了，这箱子不是我的。"董小姐一边翻一边计算，"这指不定是哪个淘宝代购的箱子，我那箱子要不是有我的I20表格，我真不想跟她换了。这一箱少说得好几十万呢。怎么没人找啊？"

"你这么说，我倒想起来下午来了好几个电话，说是航空公司的，要找董晓萌小姐。我还说这年头诈骗的消息太灵通了，你这刚落地，骗钱的就追来了。我就给它来一次挂一次，后来就不打了。"田会计一边得意着，一边一起围观一箱子的高档货。"你可不知道现在诈骗的多猖獗。上次一个男孩儿一上来就喊'爸爸救我'，鬼哭狼嚎的，吓死我了。幸亏是男孩儿，就这我还吓得心跳了好久呢。

董小姐已经不是第一次听这个桥段了，每次听都觉得是娘亲对自己的一种控诉，一种谴责，一种无可奈何。

董小姐本能地用手机搜索航空公司的电话号码，才发现自己手机还一直是飞行模式。"咱家 wifi 密码是多少？"

"啊，wifi 啊？我不知道，安上以后就没变过。不是你的生日吗？"田会计开始翻箱倒柜地找密码，"我跟你说，肯定是藏在一个非常有道理的位置。"

"哎呀，别找了，我给你重设吧。"董小姐撸起不存在的袖子打算加油干。

两个小时过去，董小姐一番摆弄之后，一时间路由器不认得光纤、光纤不认得电脑，全家彻底都不能无线上网了。晚上 10 点钟，董小姐时差错乱，困意难挡。

"这孩子，怎么在桌上睡了？快进屋去吧！"田会计埋怨着，把董小姐搀扶进屋里，"你说你，行李找不到就算了，网还给我们破坏了！你是猴子请来的救兵吗？"

　　在田会计对网络语言无与伦比的运用中，董小姐满怀悔恨地睡去了。

第二天

5 月 12 日

（北京）

星期四

大风

25°C

刮了一夜的大风。董小姐被客厅里的骚动吵醒，试图继续睡，却听见一个陌生男人的声音。

　　"阿姨，这密码您写下来就压在主机下面了吧。"

　　"哟——可不就在这嘛！密码就在电脑下面呢。我一会儿让萌萌来看一眼，我就跟她说是个有道理的地方，她就不让我找。"

　　"妈！我不是说我起来弄么？"董小姐揉着眼睛走出卧室。客厅里站了一个高个子卷毛儿，黑色皮夹克配褐色短裤，也不知道他是冷是热，地上还多了一个头盔。董小姐心想国内服务行业就是不一样，这一大早才几点啊，修电脑的就开始上门服务了。然后忍不住又看了一眼他的脸，这小孩儿浓眉大眼还挺帅的。

　　"萌萌，你快看，人家给你送箱子来了。还顺手把 wifi 给修好了。"田会计的表情温暖如春，和昨晚对董小姐冷嘲热讽的画风完全不符。

　　董小姐一时没有反应过来："谁？送什么箱子？"

　　"这是小司，你拿错人家的箱子了，人家过来跟你换的。"田会计指着客厅地上一个和她的行李一模一样的箱子。董小姐行李箱上的小星星贴纸还在。

　　"嗯，我的，是我的。那他怎么能证明那是他的？"董小姐起床气没过，想象着电影里那些偷渡海关的走私犯穷凶极恶的样子，不爽自己到手的好几十万元高档货就要没了。

"阿姨比你机警多了，先查了我的身份证、机票，还有购物清单，还分别对我本人和证件进行拍照，按网上查好的航空公司电话确认了。你要不先看看你的东西都在？别丢了什么。"卷毛儿打量着董小姐，嘴角露出一丝不经意的坏笑。董小姐顿时觉得自己刚睡醒的这副狼狈相儿让他看得好像一丝不挂。

"你等一下。"董小姐把自己的箱子拉回屋，除了I20被翻出来放在最上面，下面的东西都一一码放好。董小姐绕到洗手间检查了一下自己的仪容，深呼吸了一下，又出现在客厅。可卷毛儿却已经走了。

母女俩在阳台上眺望着卷毛拉着箱子下楼，骑上一个翻斗摩托车。

"我这儿还没检查完呢，你怎么就让人家走了？"董小姐有点儿埋怨。

田会计莞尔一笑："我看你跑到厕所里捯饬去了，怕人家等。你丢东西了？"

董小姐翻了个白眼，所答非所问："什么活宝你都敢让进，你警惕性去哪儿了？"

"他说你包里有I20和学校材料，还有一大堆母婴产品。估计是有孩子还要出国上学，肯定时间也不够用，怕耽误事儿。他就给送来了。小伙子不错，挺机灵的。"

"机灵什么呀，一箱子奢侈品，不是代购就是土豪。"

"说是帮朋友的。"

"那就是代购。"

"不，说是箱子是朋友的。本来咱不接他电话，他朋友就打算跟航空公司交涉理赔的，结果这小伙子还挺会办事儿的。你看人家，你呀，待人接物都得学着点儿。"

"学什么呀。说不定里面都是毒品，幸亏我没被海关拦下来，要不然该拉我去枪毙了。"

"可以啊，挺会编的你。我跟他说你还未婚，孩子她爸是外国人，不要你了。"

董小姐听着自己亲妈给自己加的戏，眼眶像皮筋被撑大了一圈，"疯了吧您！"可见精分①、爱演这都是遗传的。自己也就跟飞机邻座大妈装装蕾丝边②，在田会计这里真是小巫见大巫。

"你猜人家怎么说？"田会计转身美滋滋地走回客厅，"跟我说难为你了，但是看着申请材料觉得你人这么聪明，自己也能好好的。他离婚了以后，觉得自己对着过比两个人错着过好多了。"

"这么小就二婚能是好人吗？"董小姐给亲妈的茶杯里续上热水。"卷着毛儿骑个翻斗儿，以为他谁啊，当代孙悟空吗？"

"我跟你说，这小伙子面善，你看那鼻子，那眉眼，比你那什么航、什么姆，顺眼多了。"田会计故意装作不记得董小姐前任和现任男友的名字。

董小姐对田会计这欲盖弥彰的傲娇逗得直乐："那什么航和什么姆都没他帅啊。他才是您的 type（类型）啊，我的娘呀。"正说着，董师傅正从外头回来，手里拎着刚买的大虾，打算给自己的宝贝女儿做顿贴心家常菜。"董师傅，快来给田会计看看病。"

---

① 网络用语，精神分裂的缩语。
② 网络用语，同性恋的代名词。

"你们俩一大早就不消停，想吃什么呀？"老董对刚才的剧情没有一丁点儿好奇心。

"哎呀，做什么呀，出去吃吧？"董小姐把什么航什么姆，以及什么卷毛儿的事儿都抛到脑后，专心在老董面前撒娇。

"欢迎您来到金色草原大酒楼，请保管好自己的随身物品。"金色草原的服务员拿着高音喇叭，在餐桌间边巡视边高喊，吓了董小姐一大跳，筷子上那片流着辣椒油的羊肉应声掉进了佐料盘，顿时溅了她一身。

"董！晓！萌！我刚还赞了你朋友圈呢！"董小姐刚擦洗完衣服上的佐料污渍，还没反应过来，一个满身喷香的妖艳女人就一把抱住了她。

李姗姗一双烟熏大眼热情地忽闪着："你不是在那个什么三体国际中心当翻译么，怎么还要回去上学啊？你回去上学还在北京找什么temp（短工）？"

姗姗是董小姐在美国认识的朋友。美国的朋友和中国的朋友不一样，中国的朋友，比如姚大夫是大浪淘沙、万里挑一的，美国的朋友，比如姗姗是狭路相逢、且行且珍惜。像姗姗这样的，明明是汉中人，一到美国就一口台湾腔的小姑娘，放在北京，董小姐是绝不会扫一眼的。但在美国不一样，董小姐就读的人类学系没一个中国人，就在新生接待的 Welcome House（迎新屋）认识一个姗姗，一起坐校车，一起去中国超市买菜，一起办电话卡建立起来的相依为命的情感。美国工作不好找，工作签证抽签抽了两次都没抽中。姗姗实习了一年之后，很扫兴地准备回国结婚。结果她人回去了，男朋友却跑了。真是人算不如天算。

19

"我 H-1B[①]到期了，老板也不帮我续签，说什么生意不好做，他打算改做大巴生意了。我重新申请了个学校学会计呢，好歹有个身份继续找工作，也不知道该不该彻底回来。"董小姐努力将自己纠结了快一年的选择浓缩成一句话，好像姗姗是等着听 15 秒初创企业策划案的风投老板。

"H-1B 转 F1[②]不是不用回国吗？"姗姗用加长加密的睫毛上下扫了扫她，好像董小姐有什么不可告人的秘密，"你这么回来签不怕被拒啊？"

"哪儿有你说的那么夸张，我回来参加我发小儿的婚礼。"董小姐读过丹·艾瑞里《可以预测的非理性》一书说：人类爱比较是因为幸福不好量化，有比较才有看得见摸得着的优越感；跟过得太好的人走太近难免要徒增失落感。这也解释了为什么董小姐和姗姗两个 Loser（失意者）做得了长久的朋友。虽然姗姗海归三年，但四处碰壁、情路坎坷，而且董小姐在美国也确实好不到哪儿去。这么多年，大家互通有无，保持着战略友谊关系。

"要是特别亲的，怎么也得给 1000 块吧。前几天我表弟结婚，我在上海出差，饭我都没吃，还得随个 1314，就是一生一世的意思。"姗姗一边补妆一边向董小姐传授国内婚嫁礼节，"这都是等价交换，门口有个伴娘专门负责点钱，这次你给 1314，下回她还给你 1314。现在还流行众筹蜜月呢，你说多臭不要脸呀！蜜月是什么？蜜月是刚为了他们兴师动众地开完派对，然后再附送上 sex vacation（性爱假期）！给他们花了那么多钱就吃顿饭不说，现在还要捐钱给他们去外国享受，这不是逼着咱们自己花钱

---

① ② 美国的签证名称。

买狗粮虐自己么！"姗姗补完妆正要拉着董小姐再说点儿什么，只听——

"萌萌，你没带纸吧？"田会计隔着洗手间门就嚷起来了。姗姗见了田会计，一通寒暄，北京话更溜儿了，在美国练就的台湾腔连影儿都没了。姗姗的适应能力让董小姐赞叹不已。

"萌萌？你到底去不去啊？"田会计问。

"嗯？"

"这孩子，姗姗问你要不要去给那个公司的专家团当翻译。你看你签证也没谱呢，这么多天别老在家待着，你也多出去锻炼一下，看看现在中国生意场是怎么回事儿，万一将来海归呢？"田会计明显打定了主意。

随团翻译这事董小姐算是本行了，但是头一次在国内干。在美国带考察团吃饭并非易事，他们对座位顺序、夹菜先后都有很多讲究。这次反转带美国专家游中国，不知道自己能否胜任。可是，姚大夫的份子钱确实亟待解决。她那个大表姐本来就有钱，这次必定不会少给。董小姐觉得1000元都不一定拿得出手。还得多准备些以备不测。

"每小时200块，这换成美元也不错了。你干一天份子钱就出来了，你还有什么不知足的？我要是有时间我就自己去了。"姗姗晓之以理，动之以情，把自己推不掉的活儿说得责无旁贷，非董小姐莫属。

"得了，我替她做主了，让她去！"董小姐还没说话，田会计已经拍板儿了。

"你吃吧。"在《北京新闻》的伴奏下，大一模样的刘航看着董小姐，把松鼠鳜鱼推到她跟前说，"你才吃了一口。"

18 岁的董小姐抱着刚收到的 99 朵玫瑰，掩饰不住幸福的笑容，又免不了责备地说："你说说你，是不是觉得自己特帅，千金一笑？"

刘航眉飞色舞地说："告诉你吧，咱们这个年龄最适合走极端。你看我现在一倾家就荡产了，一家徒就四壁了。将来你告诉你妈，当初为什么以身相许给我刘航？你就说为了一条松鼠鳜鱼！咱要的是这种因小失大的范儿。"

董小姐盯着他眼睛上长长的睫毛。男生应该有这么长的睫毛吗？董小姐叹了口气，"那么多钱买什么花啊，又不能吃。"

刘航胡撸了一下她的头："怕什么？无产阶级失去的只能是枷锁！谁说不能吃的？"刘航从她怀中的玫瑰里摘下一朵放在嘴里，玫瑰一下子被他咬碎。他目光炯炯地看着董小姐。

好像被注视灼伤了一样，半梦半醒的董小姐起了一身鸡皮疙瘩，冲着梦里的刘航喊了一句："你傻啊！别扎着嘴！"

只听见田会计也在她梦里画外点评道："呦，做梦怎么还说中文啊？"

董小姐终于被第二句画外音吵醒。再闭上眼，刘航和玫瑰都不见了。自己在沙发上已经睡得脸上都有印子了。

下午，董小姐穿上运动服陪二老打乒乓球，见到了社区活动中心的一票球友。大家都爱跟老董打，因为他话少打得好，基本是他做任何事的风格。田会计则是四下里找人陪打陪聊天，在球馆的每个角落都能听见她好像爬电网一样一惊一乍的呼喊声。偶尔有人坐在董小姐旁边等着上场，难免会问："姑娘在美国哪儿啊？

去了多少年了？哟，还要念书啊？不是已经工作了吗？那绿卡还没拿着啊？也没结婚呢？你妈给我们看你在美国的照片跟明星一样，本人看上去气色怎么这么不好啊？叔叔阿姨替你心痛哟！"

基本上和飞机上的大叔大婶们是一个套路。可是，董小姐比时就不能再由着性子假扮热爱同性，只好狠下心来，任由不知名的大叔大婶们为她"操碎了心"。当然也有要求董小姐报出之前的薪水对比一下目前北京物价的，质问她在美国为什么没买辆奔驰开开的，"哦，原来美国的工资也不够花，哈哈哈"，诸如此类。好像这些话董小姐闻所未闻，专要等他们一一开发分享。

董小姐深感作为一名 Loser，最大的好处就是可以在美国怎么丢人都没人管，可一回国，随便见个人就得被"关心"得体无完肤。她默默地掏出手机假装忙碌样儿，其实手机并没有信号，只好看看回国前更新的电子杂志。

有一个著名的街拍博客叫"人在纽约"，专门街拍纽约居民，然后配一段关于这个人的人生片段的文字。杂志里面选登了几张照片，有一张吸引了董小姐的注意：一个白领姑娘盘腿坐在候机大厅地上，电脑插在墙上充电，身后一个拉杆旅行箱。图释文字这样写道：

我人生最大的烦恼就是和父母住得太远，他们在东海岸，我在西海岸。我有一个朋友说我这叫 lightbulb trip（电灯泡之旅）。我这次来纽约是出公差，然后抓紧时间看一下我的父母。当你很久不看你的父母，他们总会攒一些需要你做的特别简单的事情，诸如坏掉的电灯泡需要你去帮着换，等等。如果你不回去，他们就会一直坐在黑暗中。这一直让我心存愧疚。

23

这段文字马上让董小姐想起老董车上的空调。老董在她出国后第一年终于买了车，直到三年后的冬天董小姐第一次回国，才发现老董一直不知道车上有个除雾按钮，每次天冷车窗起雾，老董都要摇开车窗通风，再用一块抹布擦窗子里面，才能看见前面的路。想到这里，她整个人都不好了。

"萌萌，你跟你爸打一盘，我好发朋友圈里。"田会计回到董小姐这里，董小姐放下让她心烦意乱的手机，拿起球拍，站在老董对面。老董身板儿已经有点儿佝偻了，但是站在球台边儿不怎么显。董小姐一个下旋球发了出去。

"你可千万记得把这个拿回来啊，别跟上回似的，掉车上，害得全家这一通找啊！"借着台灯的灯光，田会计摩挲着房产证，递给正在准备签证材料的董小姐。

田会计说的是董小姐第一次申请出国签证的事。那时候董小姐还上高中，有个交换学生的项目，要去澳大利亚一个月，结果去使馆的路上她把护照丢了，全家追着那趟公共汽车跑，最后在南三环找到了。田会计这一路数落啊。后来董小姐到了美国还丢过很多东西，到了迪士尼门口发现票忘带了，人也让进了；在爱荷华带团把 kindle（电子阅读器）丢了，过了一个月，租车公司居然把 kindle 寄到了她家；吃了罚单还可以去申诉，开罚单的警察缺席庭审，她的罚单就被注销了。在美国混了几年，感觉自己丢三落四的毛病居然给惯得理直气壮的。

"你烦不烦啊？我出国这么多年了，也没把自己给丢了呀。"董小姐被自己的音量吓了一跳，到家还不到一天就要跟田会计吵架了吗？

"哎呀，你这孩子，现在怎么说不得了？提醒一下也不行？你说你一天到晚丢三落四的，我们辛辛苦苦挣下这么点儿产业，丢了怎么办？"

"怎么办？凉拌！"明明心里想着有话好好说，好好说，一张嘴董小姐还是压不住火地喷了出来："就这么个破房产证至于吗？丢了不能补吗？"

"补？你去补啊？哪回不是你妈四九城跑着给你擦屁股？你说你忘带成绩单，不是你妈给你去学校补的？一会儿又要换美元啦，一会儿又要学历认证啦，你说哪一样你提前想好了不能自己去办。"

"你不就怕麻烦吗！退休了一天在家坐着干什么啊？"董小姐明显已经理屈词穷了。

田会计把房产证拍在桌上，摔了门去客厅和老董看电视了。其实这一幕按田会计喜爱的韩剧对白演非常简单，董小姐只需要说："偶嘛①，阿拉索②，我列个单子，递进去什么，签证官还得还给我什么，我都有数思密达！"结果董小姐非要喊，非要生气，非要顶撞田会计，好像田会计的嘱咐戳破了董小姐脆弱的自尊。这么多年过去了，她董晓萌还是什么也没有，什么也干不成。

枯坐在床上，董小姐跟姚大夫发微信抱怨，看着床头一家三口上次在T3浑天仪前的合影，眼眶就湿润了。因为每次飞美国之前都要在那前面拍个照，然后拜拜。以前过了安检挥手再见才是泪崩的瞬间，有了浑天仪照相的环节后，连安检都不用过，一看见浑天仪，眼泪就蓄势待发了。

---

① 韩语，妈妈的亲昵口语叫法。
② 韩语，"好啦"，网络流行韩剧常用语。

"呦，wuli①空巢小孩儿还有脸耍贱啊？"姚大夫似乎不怎么忙，马上就回了。姚大夫给董小姐起了个外号"空巢小孩"，因为她一个人在外生活惯了，虽然一年都未必能见上一次父母，可是每次见面都因为鸡毛蒜皮的小事发脾气，发完马上就后悔，然后在飞机上哭好几个小时，姚大夫每次都耐心辅导。董小姐发了一个以泪洗面的表情。

"哎呀妈呀，就会哭，还不赶紧滚去道歉。"姚大夫发了个笑哭了的表情。

吃晚饭的时候，客厅电视里在播放女演员成功上位准备跟著名制片人完婚的八卦消息，女演员发表声明说自己早已离婚了，制片人也表示恭候佳期。田会计一边给大家盛饭，一边不屑地说："解释就是掩饰。这世道哪儿还有什么真情？也就亲生爹妈还能相信。"

董小姐接过饭碗，重重地点了点头，算是跟田会计和好了。电视里女演员和前夫的结婚照充满了画面，董小姐突然觉得她前夫在哪儿见过。

"谁啊？这是？"

"王若水吗？说是整了好多次容，老上什么选秀节目火的，我也没怎么看她演过什么。"

"还是 wuli 田会计火眼金睛，最能透过现象看本质了！"董小姐一派阿谀奉承，田会计也一副尽弃前嫌的样子。

体育新闻播报国安输了球。每次回国，董小姐对物是人非的事情总是少不了要大惊小怪一下，比如地铁一下四通八达了，没有手机 APP 叫不着出租车了，卖菜大婶也要求微信支付了，满街

---

① 韩语，"我们的"，韩剧常用语，网络流行词。

都是共享单车了，都是往好处往高大上里更新，唯独国安这个消息董小姐接受不了。很难相信，自己小时候力挺的球队，现在居然到了保级这个地步。董小姐和刘航站在工体门口围着绿围巾高声呐喊的那些日子都掩埋在时光里，再没人理会、没人留恋了。

第三天

5 月 13 日

（北京）

星期五

晴

28℃

13 日又是个星期五,在美国叫"黑色星期五",不吉利。一个月前,在美国预约签证的时候,电话那头的声音甜蜜、平静又疏离:"董小姐,您的卡上余额为 5 元。现在您最早的预约选择是 5 月 13 日,星期五,早上 10 点 30 分。下面跟您确认一下您的信息……"

北京夏天的燥热劲儿已经抬头了,昨天跟老董和田会计嚷嚷了一晚上,最后还是没能奏效。老董顶着艳阳陪着董小姐一道来到了美国大使馆。

董小姐第一次在美国大使馆签证还是 6 年前,当时还是刘航陪着在门口排队,工作人员像喝牲口一样冲大家发号施令:把 I20 拿出来,I20,还有 sevisfee(服务费)的收据,sevisfee。刘航就低声在董小姐耳根学:"爱团忒啊,爱团忒!赛维斯费,说你呢,你塞维斯费?"Beijinglish(北京英语)那个流氓劲儿和刘航本身的痞气简直是绝配。

穿过人群,董小姐一眼看到那个嗓门洪亮的"爱团忒"大叔依旧坚守着那个岗位,心里突然想到,如果刘航知道他们会有今天,会不会后悔当初在美国大使馆站那么长时间等自己。

"手机寄存!"门口发机票广告的小贩把寄存手机的生意人

掩在圈儿外，拨开手上一叠留学中介广告。董小姐看了一下手机，10点整。

"不让带手机呀。哎呀，皇阿玛，你算来着了，不然我的'爱phone'就要给他们了，这叫本宫可怎么受得了？"只有单独在老董面前，董小姐才能端个小公主的范儿。

老董拿上她的包和手机，完全没有"反攻倒算"的意思，说："我就在这儿等你，你快去吧。"

老董这点真是令人佩服，从来不乘胜追击。昨天谁指天骂地说不用人陪，非要自己来的？现在人家派上用场了，董小姐连句谢谢都不用说。要是田会计在，少不得要骂出一篇以"不听老人言，吃亏在眼前"为标题的 2000 字声讨文。

签证队伍依旧叹为观止。3 年前申请工作签证的时候是冬天，大家在屋里等，现在在院子里等。估计是签证官怕吵，走到哪儿耳膜都震得生疼。

"So you were under H-1B visa before, what type of work did you do？（你以前是工作签证？干什么的？）" 签证官是个亚裔，例行公事。

"I'm a program manager for Pittsburgh International Education Center, I coordinate trainings for Chinese delegates that come to visit the States.（我是匹兹堡国际教育中心的项目主管，负责到美国参加培训的中国代表团的行程安排。）" 董小姐又恢复了英文语气的温柔委婉。

"And you were studying Anthropology？（你不是学人类学的吗？）" 签证官看着简历问道。

"Yeah, at University of Pittsburgh.（是，匹兹堡大学毕业。）"

董小姐心跳有点儿加速。

"Cool, my little brother goes there too. So why you are continuing your education with a Master in Accounting？（是吗？我弟也在那儿上学。那你现在为什么要申请会计的硕士学位？）" 签证官一张扑克脸，看不出这话是插科打诨，还是怀疑董小姐有移民倾向。

"Hmm......" 董小姐心想，总不能告诉你，因为现在做培训的赔钱，老板就把大家都炒了，我合法工作身份失效又找不到下家，唯一的办法就是马上申请一个会计学校准备拿学生签证再从长计议吧。

"Because accounting is the future, there are high demands right now in China for bilingual accountant."（因为会计是未来，中国很需要懂双语的会计人才。）董小姐不卑不亢地笑了笑。

"Ok, you've been checked, we will be in touch.（你被审核，回家等消息吧。）" 签证官把厚厚的一叠资料递出来，只留了几张表格和护照。

虽然想到可能被check（审核），但董小姐还是手脚冰凉，有点儿耳鸣。网上都说被check就是过了，但是还是有没过的。董小姐张张嘴还想解释点什么，签证官已经开始叫下一位了。至少不是被拒签，董小姐试图安慰自己。在所有可能性的可喜程度排名里，"被check"位列第二，第一肯定是过，倒数第一肯定是被拒，被拒要损失机票，还要重申，会耽误很多事儿。被拒两次说不定就不能回美国了，可那也未必是件坏事……

"萌萌！"董小姐头重脚轻地刚走出门，在外面苦等了4个小时的老董在人群里冲她招手。董小姐又感动又心酸。

和老董来到松鹤楼时，包间里两桌子人已经坐满了，这是老董家的普通家庭聚会。老董家开枝散叶，子孙满堂，春节时候能聚齐四十几口子，占一个普通餐厅的一层。今天这是年中无事，大家都天南海北，人不是很全。

　　董家的姑奶奶们尤其有出息，都是名牌大学毕业，然后去美国念研究生、硅谷工作、全家换美国护照。董小姐在美国有三个姐姐一个哥哥，还有一个岁数跟她差不多的侄女，不但在斯坦福念完了工程博士，现在还怀了第二胎。老董和田会计晚婚晚育，直接导致董小姐和下一辈无缝链接。于是，在毫不知情的情况下，董小姐已经当了两年多姨奶奶了。

　　"萌萌啊，你就应该赶紧生一个，你生一个，你爸妈就放心了！"iPad上三姑妈传过来的侄孙女那可爱的大眼睛把董小姐惊得嘴巴都合不上了。董小姐在仔细寻找姑妈的逻辑。结婚和生孩子都只不过是人生的节点，感觉过了那些节点后，她爸妈操心的事只会更多，怎么可能生一个孩子就放心了呢？他们就不会继续担心孙子辈的生养、入托入学等吗？董小姐没有怼回去，默默地点点头。

　　"萌萌，你跟东东说两句英文，你试试他！"发话的是二堂嫂，他的儿子，也就是董小姐的侄子董东，今年18岁，大学二年级。二嫂和在座的都是董家暂时没有美国护照、不会英文的那一部分，但是二堂嫂总觉得自己是在换护照的路上，董东是她的先遣部队。

　　董东摆弄着上菜的计时沙漏嘴里嘟囔着："So English……（说啥英文啊……）"董小姐配合着也说起英文："Right, first of all, you know if you ever want to come to the States, you need to change your name, right？Dong Dong is going to be a problem there.（说就说呗，你知道你到美国必须得换名字吧，你这名和姓

33

一模一样，美国人肯定拿你开涮的。）"

董东："I know, Donald, that's my English name, I'm not gonna let them fuck up my name. Plus, i don't even want to go. No, thanks.（我有英文名，我叫唐纳德，而且，我也不会申请去美国的，不了，谢谢。）"

董小姐："Why not？（为什么？）"

董东："I have everything I need, food, shelter, friends, and my love. I don't want to be a loser like you！（我在这儿应有尽有，吃的、穿的、瓷器^①和蜜^②，我才不要跟你一样去美国当 Loser 呢！）"

董小姐："I can't argue with that.（嗯，明智之选。）"

"说什么呢？"田会计问。

"他挺喜欢这儿的，不愿意去美国。"董小姐实话实说，董东想拦没拦住。看着二嫂训儿子的时候，董小姐感慨基因真奇妙啊，她这二百五的气质也是后继有人了。老董家也不是每个都像斯坦福侄女那么出类拔萃，董小姐在董东身上看到了自己。去美国上学之前，董东还送过董小姐他的画，那时他才刚上高中，他的画特有个性，董小姐那时候使劲劝他大学报美院。后来听说他上了个一本的广告系，想来也是家长的意思。

董小姐给上桌的松鼠鳜鱼拍了张照片，发了个朋友圈，备注四个字"物是人非"。瞬间得到了 18 个赞和无数回复。

——照片里怎么没有你？

——啊？怎么就回来了，我还想托你买点儿化妆品呢！

——都多长时间了，还想你们家"松鼠鳜鱼"呢？

---

① 网络用语，铁哥们儿。
② 网络用语，女友。

刘航留了言，显示的却是评论删除。

董小姐的心脏开始跳，震得她耳朵生疼。一分钟，两分钟，手机越来越烫，好像要烫穿手掌，烫穿大腿，烫穿椅子，一路摔倒地上。在爆炸之前，董小姐把手机扔在桌上，试图继续听眼前的田会计跟老董家的男女老少们碎碎念。

田会计两年前犯哮喘的时候，电话那头虚弱地说："萌萌，妈妈在超市，听（大喘气）不见。"

董小姐一听就知道大事不妙。电话那头田会计还在极力伪装："没事儿，就先挂了吧！"

这可是田会计，即使全世界都挂了，她也不会停嘴。那天董小姐刚接了一个考察团，从机场开出来，在美国的高速路上飞驰，瞬间就感觉路怎么看不清了。她打开雨刷，才发现完全没用，因为让她看不清的不是挡风玻璃，是她的眼泪。

"你别哭，我这就去！"

那时姚大夫正在下基层，别说MSN，网都没有，根本就联系不二。董小姐一着急就给刘航打了个电话，她能背下来的为数不多的手机号码是刘航的，末尾四位数是她的生日。董小姐其实跟刘航已经失联两年了，当时正是他筹办婚礼的时候。听见刘航的声音，董小姐就怎么也止不住地一直哭一直哭，不仅在哭田会计，也是在哭她自己。

后来田会计出院了，再后来刘航结婚了，他们再没有联系过。董小姐知道刘航在这段感情里把自己能做的都做了，对董小姐，他没有亏欠。

所以，他删掉的评论是什么呢？

深吸一口气，董小姐删了帖子。

才回来三天，董小姐已经非常非常想回美国了。

洗完澡，董小姐挨个儿看珍妮发来的"狗腿子"的照片和视频，甚是想念。珍妮在最后发了一个语音："你赶紧上 Facebook 上看看吧！"

董小姐问她怎么了，她一直在打字却总不见说什么。董小姐想办法登上 Facebook，发现男友汤姆的个人感情栏变成单身了。连了几次 Facetime 给汤姆都信号不好，How's going（怎么了？）问了三次，不是卡住就是断掉。

"萌萌，你看这是谁给你寄的明信片啊？"田会计话音有点儿犹豫，一边从超市折扣广告和信件中抽出那个问题明信片。那是一张非常普通的匹兹堡风景明信片，背面写着：

"Meng: I'm sorry, I can't do this anymore. Have a nice life, good luck. Tom"（萌：对不起，我们分手吧，祝你幸福。汤姆）

董小姐反复提醒自己，不准哭，不准哭，要哭到阳台哭去。还没走上阳台，视线就模糊了。外面是万家灯火，窗前是两股热泪。这么多高科技，最后居然是明信片带来分手消息。这个美国渣男也是藏得够深，不知道提前多久寄的明信片。董小姐明明还看着他买了飞北京的机票，肯定是后来中途退掉了。

跑步认识的汤姆和董小姐同岁。汤姆又瘦又高，墨绿的眼睛，一头棕色的长发，热衷铁人三项，像一匹不知疲倦的野马。汤姆看上去并不是一个对亚裔女生有特殊偏爱的猥琐白男，而从小只爱金城武的董小姐对金发碧眼的帅哥也只是隔靴搔痒式的那种喜爱。董小姐一开始并没有想到汤姆在追她，纯粹是觉得一个人也是跑，两个人也是跑，就没拒绝。当然"找个老外拿绿卡"的思路也不是完全没有经过董小姐的脑子，但是董小姐觉得那是压箱底大招儿，不到万不得已肯定是用不上的。

董小姐承认自己在汤姆身上感情投入得并不多，但也不至于这样被分手。失恋的心痛对董小姐来说并不陌生，但是此时此刻，董小姐感受到的并不是那种"可惜不是你"的悲伤，而是一种墙倒众人推的悲壮。

　　跟刘航分手以后，董小姐为了展现自己新时代独立女性成功走出阴影的正面形象，把空窗期控制得不长不短，刚好半年。朋友们安慰的话还没说重样儿，分手快乐的鼓励饭局还没有轮满一圈儿，董小姐就在脸书上贴出了和汤姆 in a relationship（恋爱中）的状态。朋友们赞许之余也不免惋惜，毕竟家里陈年的鸡汤还没倒完，居高临下的人生导师还没有当过瘾，董小姐这一朝脱离单身，身边又少了一个令人振奋的好垫背。

　　对董小姐来说，汤姆的存在有三个好处：1. 朋友聚会不厌总演单身狗的戏码；2. 对爸妈也有个交代——"我在美国，有人找照顾，你们别担心。"这是每次电话的总结陈词。3. 也是最重要的，让刘航知道：没有你，我照样活得风生水起。

　　田会计摁着手机里的"金山词霸"，在明信片前小心翼翼地坐下，用董小姐回家以来从没有过的柔软声音说："萌萌，不喜欢美国就回来吧，又不是非得留在那儿。回家我们俩也养得起你。"

　　董小姐刚擦干的眼睛又涌出大滴大滴的泪珠。

第四天

5 月 14 日

（北京）

星期六

雾霾

24℃

早上起来，董小姐在雾霾笼罩的北京街上跑了一万米。

　　在美国跑马拉松是跟刘航分手之后的事。那时候整天魂不守舍的，偶然路过一家体育用品商店，推销员说："能跑半马，就可以跑全马。"并指着一张马拉松的训练日程，说："谁都可以，只要训练三个月。"

　　董小姐大致算了一下，自己在三四月里想刘航的日子大概会有一百多天，于是就买了双跑鞋，报了马拉松赛。每次想给刘航打电话就忍住，穿上跑鞋，打开 Nike 的 APP，跑出门外。那一年，从冬天跑进春天，董小姐觉得膝盖比心还疼一些。42 千米跑完，汤姆在马拉松赛终点提出交往，董小姐点点头，觉得碎了的心算是基本粘成一颗了。

　　后来在美国谈的恋爱没有和刘航那次那么用力，和跑马拉松认识的汤姆连吵架都要说英文。董小姐谈的异国恋也好像是在演一场情景剧，脑子里总能听见观众在背景里嬉笑怒骂，自己却怎么都入不了戏。如今这个说起马拉松头头是道的人，蓄谋已久漂洋过海传递出这么缺德的信息，董小姐也好像和观众们一样唏嘘了一番，也没什么特别的情绪。

　　田会计和老董去银行办理财前扔给了董小姐一张银行卡和

200 块钱，说是让董小姐一个人有尊严地去舔舔伤口。

"今天不是姚大夫生日吗？"田会计说，"你也别光顾着伤心，珍惜自己有的。去商场逛逛，给人家买个礼物什么的。"

给姚大夫的生日礼物董小姐其实早就准备好了，是她在美国买的一本史努比的红色 Moleskine 笔记本。她们从初中就开始交换日记，这个习惯一直到董小姐出国留学才彻底告终。听了田会计的话，董小姐决定在本子的右下角每一页都画上画，连起来是一条小鱼开心地游来游去。很久没画画，董小姐跑完步坐在家里画了一整天，手都酸了。

正准备问姚大夫加班到什么时候，董小姐被拉进一个叫"小鱼永远 18 岁轰趴"的微信群。里面除了姚大夫的大表姐，没一个她认识的。群里在讨论晚上给姚大夫庆生的具体事项。

大表姐 @（艾特）①了董小姐，说："晚上 7 点哦，锦城西二栋 809 号，呼家楼地铁站 C 口出来，你再找人问，懂伐？"

董小姐赶紧用百度地图狂搜。

搜到一半姚大夫就打来电话："你们约的几点？"

"嗯……谁？"

"不用瞒着我啦，每年她们都搞 surprise party（惊喜派对），形式主义害死人！你又不认识路！我在地铁站台等你。"姚大夫的体贴像滔滔江水绵延不绝。董小姐满意地把笔记本包好，放进自己的背包里。

"你行不行啊，失恋不都茶不思饭不想么，你怎么跟刚从埃塞俄比亚偷渡来的呢？你有点儿"精神头"行么？"姚大夫在地

---

① 微信微博用语，向某人说。

铁的厕所里给董小姐递纸。

"6块钱的刀削面啊！那个卤实在是太香了，肯定是积攒了千年的地沟油做的。"董小姐冲了厕所走了出来，"你说午饭不可能现在就拉吧，难不成是昨天的鳜鱼……Anyway（不管怎么说）吧，我把大 carb（碳水化合物）都排泄出来了，今天还跑了步，give-and-take（有得必有失），妥妥哒！"

董小姐满意地拍了拍自己的肚子。姚大夫忍不住笑出声来，然后一脸操心地把一包纸巾塞到董小姐兜里，心疼地说："没有我，你在美国怎么活的呀。"

跟着姚大夫走进锦城西，董小姐以为她们走错了地方。

"这是商住两用楼，里面接发、按摩、游戏厅、咖啡屋、搞创业的，什么都有。反正你上8层，一直往里走。看见门口挂牌写着'老巢'就是了。我等会儿再上去。我姐每年这么折腾，总是她的一番心意，咱们得成全她！"

董小姐在电梯里一层层地上升，心却一层层地下沉。华裔美国作家邝丽莎曾经说过，三个女孩儿的友谊有一个潜规则，就是必然有一个外挂的。亲密无间只能发生在两人身上，而外挂的第三人会是个变量。大学才从上海考来北京的姚大夫的大表姐，必然是董小姐和姚大夫轴心的最佳观众。但是自从去了美国，董小姐无法再给姚大夫百分之一百二十的专注倾听，无法在她电话里一句叹息后的半个小时内出现在姚大夫眼前，无法再挥霍一夜一夜的时光在一起瞎待着。董小姐无法接受这12个时区的间隔不仅结束了自己的初恋，还冲淡了她二十几年无坚不摧的友谊。

虽然做了思想准备，推开"老巢"的门，董小姐还是完全震惊了。复式结构的屋子里，第一层有一张圆桌，旁边放着一台小时候游戏厅才有的立式街霸游戏机；墙上是小虎队的海报，书架上码放着机器猫和柯南的人偶，各种"80后"童年的回忆历历在目；楼上沙发上一群人在看，一个戴着VR眼镜的人站在场地中间一惊一乍，背投上，他正在玩一个大战僵尸的射击游戏。

"大家现在都玩得这么high啊？"董小姐脱口而出。转了一圈下来，阴霾的情绪渐渐转晴。

"呀，侬来了，我还以为要人去接呢。"俞盈盈，姚大夫的大表姐从厨房里探出头来，手上正在端着一个巨大香艳的果盘，"怎么样，这地方蛮嗲的吧？"

董小姐像被电击了一样，浑身一抖。她站稳后第一个反应是一边捂脸一边往后退，心里害怕这么毫无准备地碰到刘航就完了，心里忍不住埋怨自己，刚才跟姚大夫确认了他不在的吧。

"快关灯，快关灯，小鱼来了。"不知道谁喊了一句。黑暗暂时掩饰了董小姐的尴尬。

"涩布入哎斯！（Surprise！）"开门亮灯以后，大家南腔北调的英文让董小姐觉得有一丝讽刺。她在美国并没有参加过任何surprise party，倒是经常在中国碰到。

"哎哟！"姚大夫的惊喜演得令大家心悦诚服，"吓死我了！"

董小姐第一个挤到姚大夫身边寻求庇护。

"哎呀，上厕所的时候不是跟你说了吗，刘航出差了，还没回来呢。你别害怕！"姚大夫看着董小姐煞白的脸，猜到她应该已经看到大表姐了。

姚大夫拉着董小姐展开对大表姐的"公转"，来到一层的另一头。"这是我们科室的朱主任。"

一个短发、看起来比她们稍微年长一些的女士回过头来看着她们俩说："原来你就是董晓萌啊！我们科室英文文献翻译的任务全都是靠你啊，哈哈哈！"朱主任的笑声特别爽朗，让董小姐安心不少。朱主任热情地问："要当伴娘，紧张吗？"

"还行。"董小姐觉得这屋里居然还有她和姚大夫友谊的见证人，顿时对朱主任生出了无限的亲切感。只可惜姚大夫平时不怎么跟她提工作上的事情，只是有会议稿件和文献翻译的时候才会让她来润色。对于朱主任，她一无所知。

"哦，哦，你就是——"一个长得像洋娃娃的姑娘，拿着个自拍杆从人群中挤过来，指着董小姐话还没说完，就被姚大夫一把拉住。"这是张晓的妹妹，张雨桐。网红。"

姚大夫的小姑子看起来大学还没毕业，穿的是纱裙，蕾丝边、蝴蝶结遍布全身。握过手以后，网红妹马上跟站在董小姐旁边正低头玩手机的秃头男生打了个招呼。

"这是你男朋友吧？"张雨桐一边握手一边问董小姐。

"我男朋友还没到，嗯……我昨天得到的消息是永远也不会到了……"董小姐赶紧把秃头男让到一臂开外，又觉得自己的解释可能有点儿歧义，"我昨天刚分手，请您爱护单身狗。"

张雨桐俏皮地吐了吐舌头，把自拍杆一扬，一手搂住董小姐，一边对手机嗲声嗲气地说："这个呢，是我董姐姐。来跟我的小主们 say hi! 她可是从美国回来的呢！董姐姐现在单身呢，这怎么有天理？你们要不要送她游艇？"

本以为张雨桐要自拍，董小姐还在比剪刀手，对着大屏的手机努力挤出一个笑容，可是也没见张雨桐有按下快门的意思，屏幕上纷飞着弹幕和桃心，还有各种五彩的表情包。

"雨桐，别闹！不是说'狼人杀'之后叫外卖吗？"姚大夫支开网红小姑子，解释道："这是直播，今年春节开始突然就流行起来了。雨桐现在是网红了，每天就开着手机卖卖萌，网上就有人看，给她买礼物，礼物都能变现，这叫网红经济，一小时能挣好几千。"

董小姐听着似懂非懂。

和姚大夫在一层的大圆桌边落座，董小姐匆匆看了一眼自己手上的牌，上面写着"女巫"。

"天黑请闭眼。"张老师已经开始主持"侦破工作"了。

"女巫，女巫，女巫请睁眼。女巫睁开眼没有？女巫你在哪儿？"张老师催问。

董小姐茫然地睁开自己的眼睛，看着窗边的俞盈盈紧紧闭着双眼，看着比以前略微有点儿浮肿，但是皮肤好像比以前更好了一些。

"女巫开始救人。女巫请选择救人。" 同样的话说了两遍，看大家都闭着眼低头窃笑，张老师瞪了董小姐一眼，继续说："女巫请选择下药。"

还要下药？董小姐更加迷茫了。张老师翻了个白眼，淡定地忽略了她，继续说："好的，女巫请闭眼。"

董小姐莫名其妙地闭上了眼。

一番点名之后，天亮了，张老师宣布并没有人死。大家赞叹这个平安夜，有一个看起来是"90后"的眼镜男分析道："我今天都不是跪式服务，我是趴着服务。这盘我想开船。我希望预言家来验我。一种可能是狼很会玩儿，丘比特把它和护士连了，所以它们藏得更深；一种可能是女巫闹了乌龙。"

据董小姐分析，这个眼镜男如果不是特别天才，就是根据刚才张老师喊她的时间长短猜出来女巫不会玩，但是为了显示自己的"柯南体质"，并没有说出他结论的来源。

到大表姐发言的时候，她忽闪着眼睛，指着眼镜男说："我觉得他说得很有道理，但是感觉他话这么多，我是看气势流的。你在警上就认定3号是张狐狸牌，你逻辑是什么呢？"大表姐说的每个字董小姐都听见了，但没有一句话能听懂。

姚大夫握着董小姐的手安慰说："没事儿，你就跟着瞎玩呗。"

张老师问大家要不要喝酒水饮料的时候，大表姐说自己不能喝酒，董小姐好像心被扎了一下。大表姐从什么时候不喝酒的？大三她失恋那会儿数她最能喝，什么叫不能喝酒？

"你表姐怀孕了吧？"

董小姐一看姚大夫那意乱情迷的表情就知道答案了。

所以，刘航和俞盈盈都一起创造生命了。

"天黑请闭眼"的声音还在耳边，董小姐却觉得整个世界从来没亮过。大家还在严肃认真地分析狼人是谁、预言家还在等什么、丘比特连的哪一对，猎人到底是不是反派。董小姐的脑子里也在严肃认真地开会：董晓萌，你眼看要30了，你没有个正经职业，还要花爸妈的养老金去念书；你把一生的最爱丢了，人家现在跟姚大夫的表姐要生娃了；你活了这么多年，你真是一无是处啊！

"萌萌？"姚大夫心疼地看着她。

是的，还有姚大夫。

"狼人杀"草草结束了，结果似乎令很多人不满，董小姐作为女巫却有一种解脱的感觉。二楼的枪战换成卡拉OK开唱，姚大夫给董小姐点了范玮琪的《可不可以不勇敢》——高中军训的时候她们俩在联欢会上表演的曲目。那时候还没有刘航，也没有张老师，角落坐的那个孕妇也只是姚大夫住在上海的没什么印象的大表姐，只有她和她，她们俩手拉着手：

"我们可不可以不勇敢？当梦太累梦太乱没有答案，难道不能坦白地放声哭喊，要从心底拿走一个人很痛很难……"

不知道什么时候大表姐拿了第三只麦克风凑了上来，画风瞬间变得不和谐起来。董小姐和大表姐一人一边拉着姚大夫，姚大夫显然已经没法握住话筒了，三个人手挽手的样子非常像抗洪救灾众志成城的人墙。正尴尬着，网红妹切了歌站到了房间中央，对姚大夫大声发嗲："嫂子，咱们拆礼物吧。"

"好的呀！"姚大夫使劲点头，一个健步跳脱董小姐和大表姐的左拥右抱。

董小姐有点儿听不惯姚大夫这么说话。"好的呀是什么鸭，北京人学说什么上海话？"

在"哟啊"的惊喜和掌声中，姚大夫总算打开了董小姐的礼盒，里面放着她们俩小时候的合影，一盘王菲的磁带和画了小鱼卡通的 Moleskine 笔记本。姚大夫看完紧紧抱住董小姐。

"还能动，挺灵的呀！"大表姐凑到姚大夫身边。看着笔记本翻页上游动的小鱼，虽然嘴上对董小姐的礼物赞不绝口，但是面部表情却十分不以为然。"我忙着筹备你的婚礼，没时间准备礼物，给你发个大红包吧！"大表姐说着递给姚大夫一个信封。

董小姐心想，就知道你没诚意。可得意的笑还没有做完整，大表姐就大声宣布："逗你的，我怎么可能没时间给你准备礼物！"

"王菲上海演唱会 VIP ！"姚大夫摇着从信封里抖落的两张票尖叫起来！

张老师也特别丢人地从人群里跳起来，一起欢呼起来："我要去看王菲演唱会了！我要去看王菲演唱会了！"

网红妹还在一边添油加醋："哇，我听说随便后排的座位都要好几千，有的据说都炒到 60 万了呢！太土豪了吧！"

"有钱了不起啊！"董小姐白眼已经翻到后脑勺了，没好气地挤出人群。

可能是头疼刺激了肠胃蠕动，正庆幸及时跑进厕所时，董小姐懊恼地发现，厕纸用完了。

"有人吗？有纸吗？"厕所外是轰鸣的歌声伴奏。

董小姐绝望地四下寻找，突然翻出姚大夫之前放在她衣服兜里的那袋餐巾纸。

"没有你，我是怎么活下来的？"董小姐自言自语地重复着姚大夫之前的话。

董小姐默默回到卡拉 OK 的人群里，姚大夫正在和大表姐低声合计着："萌萌刚跟男朋友分手了。她一个人来，你还非要带着刘航来，你不是示威么？"

"谁示威了？位子老早订好了呀，伊空一则，我再空一则，伐腻伐三，侬一台子像萨样子。就因为伊男票么谈成功，侬各台子客宁空了五分之一，侬结婚还是伊结婚啦？"

董小姐酒劲儿没过，激动地冲过去，指着大表姐大声说："我缺的位置让你补呗，怀孕还能当伴娘吗？你才不三不四！"董小姐话才说了一半，就被姚大夫捂住了嘴。

姚大夫耳语给董小姐听："萌萌，盈盈才刚怀上，现在不能说。"

姚大夫瞪了一眼大表姐。俞盈盈这会儿倒是一副息事宁人的样子，说："反正，侬寻点路人坐坐满，多大额事体。"

但事已至此，董小姐在卡座里思考了一首《野子》的长度，抢过话筒高声宣布："我今天把话放这儿了，婚礼我必有'高帅富'陪同，什么路人！这不还一个月呢么！让你们家刘航来！谁怕谁啊！跟我来的人，好得吓死你们！你们等着瞧吧！"

姚大夫在卡座里有点儿心疼地攥紧了张老师的手。张老师点评："唉，都那么多年了，她怎么还像个孩子一样啊。"

"你懂什么！"姚大夫责备地瞪了一眼自己的未婚夫，上去拉董小姐下来。

"行了，知道你厉害，给你的'高帅富'留着位子呢。"姚大夫一边搀着董小姐一边顺着她安抚道。

后来董小姐又喝了几杯，周围的陌生人伴着音乐对着话筒鬼哭狼嚎，她窝在沙发里看着姚大夫跟大家有说有笑，感慨姚大夫确实是长大了，不是那个一生气就咬下嘴唇的小姑娘了。

大表姐说她老公出差提前回来了，在楼下等她，就先走了。董小姐隔着8层钢筋混凝土，感觉到了刘航的存在。那个在夕阳中的电教楼下等她下课的大帅哥，如今开着小轿车，等着他孩子的母亲款款而来。

30根生日蜡烛熄灭。天黑请闭眼。

第五天

5 月 15 日

（北京）

星期日

晴

24℃

说好接了翻译的活儿，田会计天刚亮就把董小姐叫起来 。董小姐昨天喝得太多，又吹了风，头昏脑涨的。

　　姗姗是公关公司的活动主管，这次发给董小姐的任务是替某工程公司招待请来的美国客人。这个团一共有四个人，以前都来过北京，名胜古迹都见识过了，这次提出要深度游。其中华裔美籍专家萨玛莎·杨最为活跃，说服大家去恭王府花园。

　　后海的游客比董小姐印象里的要多很多，他们一行人走走停停，董小姐忙前忙后地翻译介绍，本来就宿醉的脑袋涨得快三个大。走到银锭桥前，萨玛莎·杨非要合影，董小姐耐着性子把大家组织入框。Dr.Ballinger（伯苓儿博士）又要求董小姐也加入他们，董小姐总算拦住一个游客，为他们横竖拍了好几张。萨玛莎·杨翻了翻照片集，终于看到满意的一张这才作罢。

　　这时，董小姐才发现自己的挎包不见了。照相的时候明明放在脚下的，怎么会瞬间不见？董小姐急得团团转，专家们也一个个抓耳挠腮，下意识地护住自己的财物。

　　董小姐的包非常有特点，是看起来像一张试图展现三维效果的二维卡通包。这个奇思妙想包是两个台湾女生创造的，牌子叫Jump from paper（跃然纸外），绝对是过目难忘。当初虽然100

美元快够她一周的房租了，董小姐还是在沃霍尔博物馆冲动消费了一次。

忽然，伯苓儿博士指着后海岸边一个高个卷发戴墨镜的男生大喊："Hey！You！Stop!"（喂！你，站住！）

只见那个男生拎着那个三维书包正在翻找里面的东西。被伯苓儿博士一喊，墨镜男循声向他们这边张望。

"天啊，光天化日之下，这样行窃，到底是要怎样啊！"萨玛莎·杨也跟着博士一起跑过去抓贼。

董小姐见状赶紧跑了起来。幸亏她那马拉松体魄，而伯苓儿和萨玛莎都是六十几岁的人了，又不习惯在如潮的人群里挤蹭，这才让董小姐抢先到达。她在短暂的时间内飞快地权衡着利弊——如果那个墨镜男动粗，伯苓儿他们可不能受伤，自己无论如何也要一招制胜，千万不能搞出外交事件来。她鼓足勇气一把拉住书包，大喊："快！把我的包还给你！"

那个男生一听这语无伦次的警告就坏坏地笑了，慢慢悠悠地把墨镜推上额头，上下打量着董小姐。董小姐这时候已经满头大汗，除了天气、跑步还有几分心虚。呃，这个小偷……看着眼熟。

"That's her bag, give it back!"（这是她的包，还给她！）姗姗来迟的伯苓儿一边喘气一边呵斥。

"I found it under the tree like two seconds ago, can you prove it's yours？（我两秒钟前在树下捡到的，你怎么证明是你的？）"嫌疑人的英文字正腔圆，董小姐和专家团成员都对这突如其来的情况有点儿惊讶。

"我叫董晓萌，钱包里有我的身份证。"董小姐总算没有再说胡话。

嫌疑人这时咧开嘴大笑："怎么又是你啊？一礼拜给你捡了两回包儿了，拜托你能看管好自己的财物吗？"

董小姐这才反应过来，这个卷毛儿就是那个拿错行李还跑来换的代购土豪。

"You know him（你认识他）？" 博士一副"少废话，我要拨911"的样子。

"Kinda（差不多）——"董小姐觉得解释起来有点儿复杂。

"I only save her ass twice, first she mistook my friend's baggage at the airport， and I drove two hours to get it exchanged, now I found her stolen purse on the sidewalk, how dare you accusing me of being a thief."（我这是第二次给她擦屁股了，第一次她拿错了我朋友的行李，我来回两小时车程调还，现在我帮她捡了包，你居然敢说我是小偷。）卷毛儿言简意赅。要不是中心思想是骂自己不靠谱，董小姐都想为卷毛儿的表达能力鼓掌了。

萨玛莎·杨这时候打量着卷毛儿，笑眯眯的。董小姐突然觉得这笑容和综艺节目里检阅女婿的大妈们还挺相像的。卷毛儿这长相是丈母娘们的心头肉么？

团里剩下的几个专家也都到了，大家七嘴八舌地问着情况："Ms. Dong， is everything alright？（董小姐，还好么？）"还有乐天派已经问起中午在哪儿吃饭了。

董小姐检查了一下，除了现金被偷了，钱包还完好，卡和证件也都在。萨玛莎·杨给大家解释来龙去脉。伯苓儿还有点儿怨董小姐没有叫警察，拍着她肩膀，忍不住耳语着埋怨了她一句。

卷毛儿在后面突然来了一句："Aren't you a little old for her？（你别老牛吃嫩草了）。"

董小姐和伯苓儿同时转过脸来，愤怒地看着他，"Excuse me（你说什么）？!!"

卷毛儿开始动之以情，晓之以理："I know she's a single mom and everything, that's none of my business, but……"（"我知道她是单亲妈妈，我也不该多管闲事，但是……"）

"What the（这都什么鬼）!!!!"董小姐这才想起自己亲妈换行李那天给自己加的戏。谁能想到还会再见到这位当代孙悟空，见到了谁想到他还能记得单亲妈妈这个梗。

酒过三巡，这场世纪大误会终于在中英同传中有了眉目。

"So, you are not a single mother.（所以，你不是单亲妈妈。）"博士卷着舌头试图把逻辑捋顺。

"我单身，没孩子，啊，OK，I'm single, not a mother. 没有，sin，nada! never married（未婚），OK？"董小姐也气晕了，中文、英文、西班牙语杂糅起来。

"But he said your mother told him that you are with a child, and leaving for accounting school.（但他说你妈说你有个孩子还要去学会计。）"博士完全不明白，一个正常的母亲为什么会这么说自己的女儿。董小姐也解释不了。

"Maybe her mom watches too many soup operas like me.（她妈肯定是看太多电视剧了。）"萨玛莎·杨也跟着起劲儿地评论着。

"你让你妈看点儿别的。"卷毛儿笑起来好看极了。

董小姐没羞没臊地跟着笑了起来："嗯，我跟她说，药不能停！"

伯苓儿是个美国德州"老炮儿"，本来就觉得自己与众不同，这么邂逅一个无厘头的中国青年，还有未婚妈妈的梗，简直是旅行中值得一提的奇遇。一伙儿人在这个叫"哪儿"的酒吧畅聊到很晚。

卷毛儿中文叫司徒，英文名叫 Stewart（斯图尔特），之前也在匹兹堡留学，上的卡内基梅隆大学的工商管理硕士，居然还认识姗姗。坐在那儿点餐时，董小姐才知道，他是中学老师，教国学的，来钟鼓楼联系课外事宜，顺路就又给她捡包来了。

"有朋，朋，朋，朋，自远方来，不不不不，亦乐乎。"一个胖子从吧台里面走了出来，"这单我免，免，免，免不了要打折的。"

董小姐刚要翻译成免单，赶紧又找补起来。胖子是司徒的哥们儿，酒吧老板，董小姐同款旅行箱的主人。

饭后，董小姐把专家们送回中国大饭店，才发现钱包又没了。她叫了滴滴打车回到酒吧，完全没找到，只好回家，而手机又没电了。最终叫了出租车，让田会计下楼来付钱。"还没挣到钱呢，钱包先丢了。"董小姐用脚趾头想都知道田会计会说什么。

出租车上依旧播放着那个叫王若水的女演员的绯闻，好像是在马尔代夫筹办婚礼的样子。啊，令人头疼的婚礼！董小姐揉着太阳穴，想着到底找谁陪自己去参加姚大夫的婚礼。还有这该死的份子钱，今天挣的 1200 元又让盗窃团伙给扣了 500 元。

田会计付完司机车钱，二话没说转身上楼了。董小姐最恨田会计这种"哀莫大于心死"的脸，她只好把自己愤怒的号叫憋在体内，肺已经都给炸碎了。

"董晓萌！" 万念俱灰的董小姐还没上楼，楼门口一道光闪了一下，翻斗摩托上那个穿着黑色皮夹克、休闲短裤的长腿卷毛儿克制地喊了一声。

还没反应过来，她的钱包劈头盖脸地砸了过来。

"哎哟！"董小姐没能用脸接住，只好一边揉脸，一边满地捡钱包。

"反应真慢！"卷毛儿发动了摩托，"第三次了啊，再让我捡一次，就是我的了啊！"

董小姐想不出怼什么，使劲儿点头，一句"谢谢"被跨斗儿的尾气淹没了。

董小姐给田会计展示失而复得的钱包时并没有提卷毛儿，有了前车之鉴，这次要被她知道是卷毛儿送的钱包，不知道又会旪什么幺蛾子。

"你跟司徒怎么认识的？"姗姗的微信在千恩万谢中突然冒出一句，"他比咱们低两届呢。"姗姗说司徒和她是在北京校友会认识的。明明不是一个学校的，董小姐正要问她为什么会参加卡内基梅隆的校友会。姗姗莫名其妙来了一句："他从来都不在别人朋友圈留言的；他最铁的朋友都很少回复呢，倒是很爱搭理你；反正你说话要回美国的人了，撩你不算撩吧。"

董小姐虽然觉得这话里有话，每个分句都是一个大坑，但这一天实在心力交瘁，只抓重点稍微抱怨了一下萨玛莎·杨要求太多，难伺候。

姗姗在微信那头悠悠地说："每年那么多'海龟'游回北京，和'土鳖'们争夺职位，你在美国不用伺候人，你还不赶紧回美国去啊。你以为我们在北京都在干什么，拼爹吗？"

是啊，洗完澡，躺在床上，想想这个问题，董小姐感觉头疼得更厉害。

第六天

5 月 16 日

（北京）

星期一

阴

20℃

一身大汗醒来，董小姐想张嘴问几点了，却只能发出非常沙哑的声音。

　　9点一刻，田会计从董小姐腋下拔出体温计看了看，说："这次不错，坚持了6天才病倒。上次回来，一下飞机就发烧了。抵抗力加强了！"然后哼着小曲儿蒸鸡蛋羹去了。

　　老董过来给她掖了掖被子。这是董小姐断片儿之前有印象的最后画面。

第七天

5 月 17 日

（北京）

星期二

晴

24℃

今晚是高中同学聚会。董小姐虽然烧才退，但是还是想去看看。先是一通翻箱倒柜找带回来的化妆品赠品，再试穿家里所有衣服，最后腆着脸问田会计要钱。

"你看你病刚好点儿，别嘚瑟了，多穿点儿。先把你头发剪剪去吧。"田会计建议。

"哎呀，万一剪坏了呢？我怎么见人啊？"董小姐已经被这个建议打动了。

"你让人家给你修修就行了，现在这样还能有多少空间再剪坏啊？"田会计不屑地说。

两个小时后，董小姐气宇轩昂地顶着一脑袋方便面一样的麦穗烫从美发中心出来了，回家翻箱倒柜地找帽子把头发压住。田会计笑得在沙发上打滚："这发型真不错，扣一碗儿方便面在头上，显得咱们家伙食好，哈哈……"

"他们忽悠我，说什么美团麦穗烫199元，这在美国烫这么一脑袋方便面，连小费都不够。"董小姐照照镜子，心想自己颜值依旧没得说，就是头发一缕一缕向各个方向卷曲着。

"萌萌你快过来，你看，我表情包里有一个跟你特像的。你别跑啊，等我给你发一个。"在田会计的笑声中，董小姐仓皇出逃。

董小姐在工人体育馆下车，被人流夹杂着从地铁里走出来。抬眼看到天上紫红色的晚霞，美得让人忘记一切，也让董小姐忘了东南西北。路人步速快得惊人，好不容易拦下一个走路稍微慢一些的中年妇女，她推开董小姐的手烦躁地说："哎呀，俄也是外地咧。"

"哎，董晓萌！"听着并不陌生，董小姐心想这还没认出路呢，已经被高中同学认出来了？一抬眼居然是卷毛儿司徒。

他今天穿着深绿色的国安队服，黄色的围巾搭在肩头，运动服包裹着魁梧的身材，配着特有的阳光笑容，笑得董小姐腿肚子有点儿软。一不小心说出自己的心里话："我都这样了，你还能认出我！"

"我这可是自来卷儿，你这是——"卷毛儿完全忽略她的质疑，上来就来呼撸她的头，亲密得让人脸红："真头发呀，什么情况？回来你就不学好，抽烟喝酒烫头呀！"

"谁不学好？"董小姐拉下他的手，把帽子戴上，故作镇定地说，"管得着么你！"

卷毛儿还没来得及回答，只听见"姑——"董东牵着一只迷你猪，挽着穿着迷你短裙、细软妩媚的小女朋友出现在他们面前。

"哎哟喂，还真是你啊！姑姑，你刚落地就尝试杀马特啊？你不太拿得住这范儿，真的。哎，这卷毛儿也是你们洗剪吹天团的？"卷毛儿显然对董东的打量不太适应，墨镜护脸低头看地。

"他，是，王若水的前……你是'绿帽哥'。"董东的小女友突然捂着嘴，指着卷毛儿大叫。

"哎哟喂，兄弟，还真是你，摘了帽子不认识你了。"董东拍着卷毛儿的肩膀逗笑，卷毛儿却苦笑一下转身走了。董东冲他离去的方向喊：“哥们儿，又不是你的错，你愁什么呀？我们永远支持你啊。”

对这一出，董东做了简短说明：三线小演员王若水和当时的金融小开卷毛儿结婚后，与著名制片人郭建军搅在一起搞得满城风雨、万人唾弃。好死不死的卷毛儿早前在微博上发过一张他和王若水在美国度蜜月时的合影，里面他正好戴着一顶绿色的棒球帽。狗仔队炒作王若水的情史，第一件事儿就是把这张照片循环播放，瞬间，卷毛儿成了尽人皆知的"绿帽哥"。

中国不过爱尔兰的圣帕特里克节，自然不了解美国有一个族裔每年3月17日就聚众戴绿帽。当然，民众睁着雪亮的眼睛，不由分说倒是集体力挺"绿帽哥"，百度贴吧上都有好几个他的粉丝团，大家都是又痛心又痛快的情绪。痛心自然是同仇敌忾，恨有钱人为所欲为，小演员始乱终弃；痛快则是幸灾乐祸，连"高帅富"都落得被更有钱的老头子戴绿帽，更何况你我。每个人自我的小花都如久旱遇甘霖，茁壮成长。居然还有卖帽子的电商想找他代言，广告词都想好了："绿色？红色？真我颜色！"

被这突如其来的信息击中，董小姐脑子顿时乱成一团——所以，这个教国学的卷毛儿是那个出轨再嫁的女演员前夫？他还真是离过婚？除了我这种出国在外八卦不灵通的，是不是大家都认识他了？他不是CMU（卡内基梅隆大学）的MBA吗，离个婚就要改教国学吗？怎么会有女演员想嫁给中学老师嘛，当然会被戴绿帽！最关键的是他刚才还胡撸我的头是啥意思？姗姗还说过他撩我，但是我要回美国的。他加了我的微信，所以他也知道我要回美国的吧？

董东已经拉着猪和小女友去看球了。董小姐趴在聚会约定的酒吧吧台前用手机紧锣密鼓地搜索王若水前夫的八卦。

"刚回国就看八卦，你也是'绿帽哥'的粉丝啊？"一抬头，居然是郑玄。

校草郑玄是董小姐初中的同桌。学三角函数的时候，郑玄Sin 的同桌理所应当是余弦 Cos。董小姐为此窃喜了好几个晚上。给姚大夫的交换日记上都很长一段时间署名 Cos。高中上文科班的时候，郑玄和董小姐又重新分在一个班，要说他们俩没什么，班主任老师都不会答应的。但是考上 P 大以后，刘航像龙卷风一样刮将过来。董小姐和考上 K 大的郑玄高三暑假之后就没怎么再联系过。听姚大夫说，郑玄现在是标准的"高帅富"，一家手游公司的联合创始人，他们做的那款游戏连董东都爱不释手。阿玛尼、古龙香水衬托着那个中间有个坑儿的下巴，细细的眼睛陷在深深的眼眶里。如今的郑玄很有硅谷钢铁侠 Elon Musk（埃隆·马斯克）的风范。

"刚认识的，他人挺好的，不知道情路这么坎坷。"董小姐试图在郑玄这个贴近的俯身关切中找一个不会滑落到地上的摩擦阻力。他身高的优势让他这个姿势充满荷尔蒙的躁动。

"皇额娘！"这时候远处爆发了一声尖叫，一个个子不高、身材有点发福的运动套装光头男在远处咧着嘴大笑。

"五阿哥！"董小姐认出这是坐自己前面的雷啸天。当年，董小姐根据《还珠格格》改编的搞笑剧《花猪哥哥》在学校艺术节上公演拿了一等奖，雷啸天的精湛演技博得满堂彩。董小姐也在里面客串了皇额娘一角。此后，他们剧中的角色就成了生活中的外号。不一会儿，紫薇、金锁、香妃也都悉数到齐。快有十年没见了，董小姐一时间有点儿感动得泪眼蒙眬。

五阿哥开了家时尚蔬果汁店，在北京已经有好几家分店了，正在做全国连锁，董小姐也曾经是其顾客。五阿哥说，刚开始拓展疆土的时候，压力大，大把大把地掉头发，于是他直接剃光了，业务反而突飞猛进。 紫薇和金锁都是金融单位的。紫薇在某大银行甘家口分行快要当行长了，金锁也是大型金融机构的项目经理，挺着二胎的大肚子，眉飞色舞地说着自己最近手上的项目。

"即将上市的公司的股东里有私募基金，私募基金层层穿透后的某资管计划要替换为数个自然人持有的单发资管计划，算不算突击入股？"

紫薇皱了皱眉头："你这有嫌疑，让投行和会里沟通好了再说吧。"

五阿哥和董小姐都在震惊的状态中。五阿哥说："哇，你们'资本大鳄'说的话我们都快听不懂了。"

金锁一副"别插嘴，说正经的"的表情，继续和紫薇深度讨论："投行的人教条得很，让我自己判断。"

老会计香妃也插了进来："这种事最好还是别直接问会里，现在有擦边球嫌疑的都从严监管。"

一群人在热闹地讨论着，五阿哥把手上的酒一饮而尽，搂着金锁说："下回这种事能停牌前在群里说么，亲？"

金锁依旧是打破砂锅问到底的阵势。

董小姐一句话都说不上。好像留学时系上的同学在聊美式橄榄球的赛况，虽然说的话她都能听懂，但是自己却没什么可以分享的。

这时候，刚才出去打电话的郑玄一身烟味地回到聚会中来，左手拿着一瓶刚开的 Zafiro Añejo[①]，把右手的玻璃杯倒满，喝

---

① 法国红酒品牌。

了一口，然后若无其事地递给董小姐，加入了讨论圈。董小姐的眼眶撑大了一圈儿，举着那杯 500 元一杯的龙舌兰像举着火炬，心里翻江倒海地想："这是什么意思？是让我喝么？还是让我端着？"

关于上市控股的讨论依旧继续着，但是明显所有人的目光都在董小姐的手上顿了一下。

郑玄示意董小姐喝了那杯，并低下头贴着她的耳朵说："他们刚从墨西哥进的，有橘子味儿！你尝尝。"然后在拿回信用卡前又给自己拿了一只杯子。

"对了，郑总，你们'魔力手游'不是新三板上市了吗？来分享经验。"金锁问了一句。

郑玄微微笑着，举杯客气了一下，一副无可奉告的样子。然后继续侧着脸在董小姐耳边低语，眼睛眯得更细了，"你小时候不是最喜欢橘子味儿吗？剥完的橘子皮都塞进我的课桌儿里。"

董小姐觉得有点儿呼吸困难，很久很久没有一个男人离自己这样近的说话了。

酒吧的用餐区已经来了二十几个同学了，董小姐用微信发了张自拍给姚大夫，说："我正举着 Zafiro Añejo，像举着奥运火炬一样。"隔了很久，姚大夫才回说："Sin 不是要泡你吧？"害得董小姐差点把刚喝的 500 元吐出来，继续发："泡我吧！请每天用橘子味的龙舌兰泡我，我会马上膨胀起来的。"

没吃饭，龙舌兰酒劲儿上来得飞快，董小姐觉得同学们的话就没那么刺耳了。

什么"呀，皇额娘，你怎么还长这样啊？还不是美国人啊？绿卡也没有？你这算是'三无人员'吗？"

什么"晒命啊这是，快 30 了还留学？家境真好！我们只能苦逼地当房奴。"

什么"还是美国好，你这身材在美国就没人觉得你胖吧？"

什么"还没结婚啊，外国男生不是特喜欢亚裔女孩儿么？哦，吹了呀？外国男生毛多吧？"

全都嗡嗡地在耳边响起，好像在讲一些温度并不太高的笑话。也许是空调太冷，或者是文科班女生太多，笑声太尖利，董小姐一阵阵地起鸡皮疙瘩。

深呼吸——董小姐将所有声音屏蔽，置身事外。同学聚会也不过如此，那天刘航那个删除的微信评论极好地铺垫了今天的情绪。董小姐三杯酒都见了底，不知道为什么郑玄总能及时给她续上。他身上的烟气环绕着董小姐的时候，她突然想起卷毛儿刚才说她"抽烟喝酒烫头"无恶不作，不禁笑了起来。

五阿哥问她笑什么，董小姐婆娑着眼睛说："小安子呢？没见他来啊。"董小姐觉得剧组人都快齐了，可以大家一起拍张十年后剧照。

"罗斯啊？他当然不来了，人家现在自己开经纪公司了，可不是你的小安子了。"五阿哥悠悠地说，"也就你还觉得这是真善美的小世界吧。罗斯最记恨那个外号了，我也是两年前搞活动的时候联系到他才知道。"

董小姐猜自己能理解罗斯的心情，也为自己在他这个外号的诞生和推广中起到的作用而感到羞耻。无论回忆还是现实，没有一个是"真善美的小世界"。董小姐没法骗自己。

在门口踌躇是打车还是坐地铁的时候，郑玄从董小姐身后探出头来，"这么早就回家啊，咱们去兜兜风吧？"他修长的胳膊揽着董小姐的腰，温柔得无法拒绝。

郑玄开的是最新款的凯宴，这车在美国董小姐都很少见。爬上车后，董小姐感觉还是有点儿天旋地转，盘腿坐着稍微舒服一点儿，拍着皮座她大声宣布："郑总，你是真发达了呀！"

郑玄点了烟开车上路，轻描淡写地说："别跟他们瞎叫郑总，你不是叫我 Sin 么？"

董小姐脸一下红了，惊异地发现自己喝高了以后，脸居然可以再红一个层级。

北京在夜色里飘摇着。董小姐刚从天窗钻出半个身子，打算拉个风，发现路给堵得死死的。赶上国安比赛结束，球迷成堆地从工体涌了出来。居然赢了球，大家唱着歌都不着急回家。

忽然，她看见路边公共汽车站有一个人朝董小姐挥手，原来又是董东。能容几万人的工体，就这么容易找到一个认识的人。

"牛掰啊，小姑，哪儿来的大凯宴啊？姑姑，你这发型，配这车特棒！" 董东吹着哨起哄道。

郑玄把车停在车站旁边，董东跟他要了火儿和名牌香烟，牵着猪和小女友凑过来侃大山。小女友无比嫉妒地瞪着从车里露出半个身子的董小姐，恨不得用眼神杀死她。郑玄特别大方又迷人地跟董东自我介绍，董东当时就炸锅了："郑总，能给我一个VIP 账号么？！！"

这情景郑玄好像见过一千遍了，递了他一张名片："你明天给我助理发个邮件，她会处理的。"

董东高兴得已经上天了，忙不迭地说："郑总不耽误你们啦，你们玩儿好啊！" 怎么听着都像是把他小姑卖了换游戏装备的感觉。

凯宴还没并进主路，等车的人群里挤出一个脸红得像番茄的卷毛儿，拉住董东说："你，你，就你精，你这猪就是一家猪。绿帽我戴一次，但是我已经好了！你呢？你还傻着！" 郑玄这一脚油门还没踩下去，一起目睹了这一幕。

董东年轻气盛，一把甩开卷毛儿醉醺醺的手，薅着卷毛儿的脖领子，急赤白脸地问："谁是猪，你骂谁呢？"

人群里一阵骚动，钻出酒吧老板胖结巴，他大喊着："不，不要打，他，他喝得有，有点多。你们也看见了，这是'绿帽哥'，'绿帽哥'打不得。咱，咱都是男人，不，不能打'绿帽哥'。但你，它，它，它，它确实是家猪。"胖结巴一边说，一边指着地上四处溜达的迷你猪。

借着酒劲儿和一贯的逻辑缺失，董小姐也跳下车保护卷毛儿，并坚持要郑玄先送自己回家，再把卷毛儿和胖结巴捎回北四环。董小姐舌头虽然有点儿卷，但是音量却不小，拍着车一直在强调："司徒，司徒，是个好人！他拾金不昧，好几回了！我们得帮助他，我们得互相帮助！"

卷毛儿在后座还一遍遍喊着："真的是猪。"

胖结巴费力地哄着卷毛儿："对，对，对，它，它，它，是，猪。不是，鸡，鸡，鸡。"

结果弄得卷毛儿越发着急："什么，鸡，鸡鸡鸡，你是复读机啊？"

董小姐也跟着喊："Sin 你居然记得，你叫 Sin！你最好了！你'苟富贵，毋相忘'，我'投之以橘子皮，你报之以龙舌兰。'"

本来，有醉汉在自己爱车上滚来滚去应该很不爽，但郑玄脸上却有一丝不屑的笑意。

"我还没时间问你，你都在美国干什么呢？" 郑玄抽完一根又点上一根烟。

"人类学，是最有意思的一门学问……"董小姐笑眯眯地介绍。

郑玄看上去对董小姐的答案并不太感兴趣，打断了她对人类学的概述。"萌萌，我不喜欢我的世界，我不喜欢我现在做的事情，一点儿都不喜欢。我想去你的世界。我有那么多人要靠我养，我走不开。我们买个咖啡馆吧，我们去旅行，看世界，做你想做的事。"

"我们？"这个词像是一闷棍揍到了董小姐还没完全清醒的头上，半天回不过神来。据说濒死前，人的脑海中会展现所有珍贵的人生记忆，每个女孩在被表白时脑海中也会浮现两情相悦的画面，可是董小姐翻了翻"脑盘"，没找到什么郑玄的画面，但是却找到很多为了"我们"预留的展望空间——爸妈在大房子里数钞票的画面，大表姐和刘航在姚大夫婚礼上悔得肠子都青了的画面，董小姐获得奥斯卡的画面。

董小姐拿着小金人正泪流满面要感谢田会计点儿什么的时候，突然一个声音："萌萌？你怎么了？我要换挡了。"原来她手里紧紧握住的不是小金人，而是车挡。

郑玄泊好车，帮她打开车门，顺势把董小姐抵在车上。夏夜乘凉的胡同里的街坊邻居都屏住了呼吸。

"明天我还想见你。"郑玄悠悠地说。董小姐感觉整个人在郑玄眼神里都化掉了。

这时候，后车窗缓缓降下来，胖结巴说："叔儿，我们还在，在，在在，呢！"

第八天

5 月 18 日

（北京）

星期三

晴

26℃

"你不去，我们俩去了啊！"田会计给出了最后通牒，一边把蒸好的包子放进饭盒里。今天的行程是去老董家天津郊区的"别墅"。4 年前，美国经济不景气，正好赶上董小姐毕业，工作非常不好找，H-1B 抽签每三个人里中一个。董小姐当时觉得留在美国也没多大希望了，就跟田会计做了些铺垫。反正前途未卜，一颗红心两手准备。

　　也就是这番心理辅导，促使当时的田会计和老董花了半生的积蓄买了现在这套离北京两个半小时车程的两居室。田会计的打算是，等董小姐回了国，就让她住在城里，他们搬去"别墅"。等他们买好了，董小姐也在美国找到工作了，这房子就和那个鬼城一起空在那里，二老每个月去看看，说是那边清净，环境好。等董小姐总算挣了工资，有底气逼着田会计把那房子租出去或者卖了，田会计每次都说："唉，谁买啊，那么多楼盘都没卖出去，我们就能卖了？"

　　不想去天津并不只是因为害怕面对自己一事无成带来的心理压力，董小姐还想等 Sin 下了班来找她，昨天回家后 Sin 的甜言蜜语还在耳边灼烧。真的要时来运转了吧？董小姐有些期待。

　　田会计的叨念声已经渐渐消失在门外。董小姐开始在家里看电视，看手机；敷面膜，看手机；自拍发朋友圈，看手机；做瑜伽，看手机，但是手机一直都没有响过。中午时分，Sin 在微信朋友圈发了一条关于游戏公司最新游戏测评的新闻，董小姐终于鼓足勇气给他发了一条微信："推出新款游戏了？"

Sin 回得飞快："对啊，不容易。"

董小姐在屋里转了三圈，先打了几个字："今天忙吗？"

擦掉，改成："你还在忙吗？"

又擦掉，写："你忙吧。"没发。

把微信关了，煮了袋速冻饺子，开始看电视。

忽然微信亮了，Sin 问："干吗呢？"

董小姐大喜，打："没干吗。"

擦掉，又打："你猜。"

擦掉，丢下手机，下楼买了瓶北冰洋，回来微信又来了一条，Sin："想我吗？"

胜利！董小姐没回，冲空中假想的 Sin 抽了三个嘴巴。

Sin 一会儿打来电话："干吗不理我？"

董小姐明知故问："谁不理你了？"

Sin："是不是你手机坏了，我看你打了半天字，什么都没有啊。"

被假想的 Sin 回敬了三个嘴巴，董小姐捂着脸尴尬地说："你，你找我有什么事儿吗？"

Sin："没事儿不能找你吗？"

腻歪的对话又持续了一个小时，最后约定，傍晚去奥体中心一起跑步。

董小姐虽然没想跑步，但是，谁会介意再见自己"咸鱼翻身"

的跳板？

刚挂了电话，突然又响起铃声，董小姐惯性地撒娇道："你干嘛？挂了还打回来，你烦不烦啊？"

"董晓萌！"电话那头，姚大夫的大表姐被这股骚嗲味儿呛到，"侬，噢……不是伴娘吗？我晓得你从美国回来几天，可是侬也不来问问的，提都不提的，你也好放心的呀。"

董小姐知道说的是伴娘应该操持的婚礼筹备事项，心虚又理亏。

"你来一趟 P 大嘛。我有场讲座，你早点来，不然下班高峰时你肯定挤不上地铁的。我把你放进 VIP 名单上了，随便坐坐，结束以后我们一起去吃个下午茶，把目前的计划跟你交接一下。"

雾霾天里，独自回到自己的母校，等着见证情敌荣归故里，董小姐也算是人生低谷再创新低了。

"你来得早啊？"朱主任一屁股坐在董小姐旁边。

"你怎么也来了？"董小姐惊吓多过惊讶。

"著名心理学专家的讲座可以听听嘛，促进和谐社会嘛！"朱主任开始扫视会场的环境，精干女医生的霸气侧漏。

"姚大夫想得真是周全。"董小姐坐在阶梯教室最后一排靠边的位置，正准备骂街，唯一的听众朱主任却一溜烟儿跑了，一边接电话一边喊："喂，被告，我今天忙，孩子在我妈家，这周末你爱来不来……"

大屏幕上映射的 PPT 上写着"从零到一的中国心理咨询"，教室灯都调暗了，还有学生在董小姐眼前挤蹭着找座位，前排居然有人在做笔记。从畅销书里批发来的标题有什么好记的，董小姐不屑一顾趴在课桌上上演百无聊赖。

大表姐正红的连衣裙包裹着凹凸有致的身体，拿着遥控器在台上侃侃而谈。从今以后，她这身体里就有一半连着刘航了。董小姐给自己总结了一下：董晓萌 VS 大表姐，在刘航眼里自己立该一分钱不值了吧。

"人的心，是一片有光的深海，因为它让我看到最绝望的绝望和最顽强的顽强。" 幻灯片里是大表姐在地震灾区、在艾滋村扶持公益心理咨询项目的身影。干了这一碗难以下咽的心灵鸡汤，羡慕嫉妒让董小姐身心俱疲。如果大表姐是个虚荣可耻的人，此时她将多么轻而易举地让董小姐好过一些，而大表姐做的事恰恰是董小姐最认同的。和大表姐比起来，自己做过的、正在想的事情是多么微不足道。

董小姐生无可恋地看着干练的大表姐活泼地走到了台前，走到了同学们当中，并十分轻盈地跳坐在讲台上。

说时迟那时快，讲台塌了。

幸好大表姐动作敏捷，趔趄了一下又站稳了，场面一度非常尴尬。

"天啊，我是真的坐塌了一个讲台么？"大表姐自嘲了一句。大家也都很克制地附和着笑起来。

"哈哈，呵呵，哈哈哈。"董小姐忍不住笑得前仰后合，先是在大家窃笑的掩护中，后来干脆自顾自地大笑起来。结果大家都不笑了，她还在捂着嘴偷乐，怎么止也止不住，搞得旁边的学生直看她。

大表姐跟大家一起笑了笑，又镇定自若地继续在塌了的讲台前接着讲。董小姐实在是笑到眼泪都出来了，在众目睽睽中，从最后一排跑出教室。刚走出门就开始放声大笑，阶梯教室外的楼道里还有回音，笑声大到大表姐和整班的学生们在教室里仍然能听见。

朱主任这时接完电话走过来，看着董小姐站在教室门口深呼吸的样子，不明就里地劝慰她说："人比人气死人吧？姚大夫这位大表姐确实太优秀了，你看见她被福布斯评选为'30 under 30（30位30岁以下）中国未来行业领袖'了吗？你不好意思恨她，你恨她你就成坏人了。还好还有我这种人在，给你刷刷存在感。"

"怎么刷？您堂堂人民医院主治医生，您让我这种一事无成的 loser 在您身上刷什么存在感啊？"像被点了穴一样，董小姐突然不记得自己刚才到底在笑什么。

朱主任颠了颠手机，示意刚才来电话的人："我前夫，被告，我怀孕的时候找了个小三儿，离了还跟我抢孩子，抢不过就折腾钱。现在跟小三儿生了老二，在医院里给我发喜糖。这要搁三年前，我肯定就不活了。现在？我只关心我闺女周末有没有人陪着画画，什么时候带她去上海迪士尼。"

董小姐完全不想笑了，摇摇头，决定去洗手间冷静冷静。对着镜子端详自己这张胶原蛋白还没完全退却的脸，这时候大表姐冲了进来，"啊！憋死我了！"大表姐急匆匆地钻进一门。

"呃，表现不错呀……"董小姐在水池前扫遍全脑，不知道说什么好。

"哗"——大表姐解放身体的声音淹没了一切。董小姐默数了一下，大概有 20 秒没停。

"我听说那个'福布斯30'是给了钱才能上的。"一个 P 大学生挽着另一个鱼贯而入。大表姐的释放在她们的对话中戛然而止。

"那你还来？"另一个问。

"他们最后抽奖送 Ipad，你看这一屋人都是等着抽 Ipad 的。这才二百分之一，比电视抽奖胜算高多了！"之前那个学生看了一眼董小姐，示意她让开点儿，自己好照镜子。董小姐把地方挪开，脸上又绽开了灿烂的笑容。

大表姐的释放又重新继续，声音明显不如之前雄壮，但仍然持续了很久。

"你膀胱是有多大啊！我在外面等你。"董小姐灿烂的笑容保持到大表姐红着脸从洗手间出来。

"萌萌，你关注一下我们公众号吧，可以参加'关爱自闭症'的义跑，你那么爱跑步，捐出你每天跑的公里数，腾讯公益都会对应捐款。"

窗外是中关村的车水马龙，董小姐纳闷这家高级餐厅的灯光是怎么打的，大表姐坐在餐桌前，居然头上有光环？就知道不该来听什么演讲，直接被朱主任和大表姐架着来喝装样子的下午茶，董小姐着一身运动装坐在这里多么格格不入，根本就是一场鸿门宴。服务生穿着像美国 70 年代《广告狂人》里的那种西服套装，递上的餐牌没有任何图示。

"小鱼就加了。"大表姐还在自说自话地推荐她的公众号。

"姚大夫才不爱跑步呢，从小就是我打篮球她场边看着，我游泳她池子里泡着，运动沾边儿的，她都不参加。"董小姐心想，连这么基本的常识都不知道，明眼人一下就看出来谁是亲的、谁是后的。

"去年她跟我跑过 color-run（彩跑）的呀。人都会变的。"

大表姐刚要拿出手机来展示照片，朱主任也来帮腔："对啊，小姚在我们单位还组织瑜伽什么的，她还总跟我去健身房呢！"

"会吗？不是江山易改本性难移吗？"董小姐努力捍卫自己和姚大夫的友谊级别。

"心理学上很肯定环境和成长对人格的塑造呢。人会慢慢长大，身边的朋友不同，会尝试很多新东西的呀。"大表姐慢悠悠地翻着餐牌，话里有话。

"可是人最初的记忆是最深层的，像有 Dementia（痴呆症）或者阿尔兹海默症的患者，对后来的生活经历会记不清了，比如不认识自己的孩子、新交的朋友、远房的亲戚，但是父母和小时的玩伴还认识。"董小姐心想，我们人类学通吃你们心理学好嘛！当初我 Cognitive Psychology（认知心理学）得了 A＋呢，谁怕谁？

朱主任看出了剑拔弩张的态势，赶紧把精致得不可方物的餐牌往桌上一摊，打圆场说："啊，她大表姐，你们真会玩儿，下午茶这么高端，还是你来点吧。"

"好的呀。不过萌萌，你从美国回来，肯定也懂这些的吧？"大表姐彬彬有礼地合上菜单，服务生准确地拿捏着信号，正在一步步向她们靠拢。姚大夫的大舅，即大表姐的爸爸在上海是开药厂的，大表姐虽然一直都很低调，但是有钱这种事就好比憋气，你越憋得使劲，却反而容易让人看出来。大表姐从大学就有个买奢侈品的经典理论——我买贵的不是追求名牌，我是真的找不到这个质量和设计的。你看我买完都能用好久好久，我最看不上炫富那种了。

董小姐慌乱地扫了一眼，上面全是法语的甜点名字和它们的中文音译，没有价格。

"这里的 Yellow peach marmalade（黄桃果酱）最有腔调，

你一定要试试。"大表姐热情地介绍，"而且他家的茶点都是和Dammann Frères（黛玛茶）精心配搭设计的，才能和茶的味道相得益彰。"

董小姐心想："你还看不上炫富？你最爱低调炫富。"感觉点哪个都无法显示自己的清新脱俗。大表姐刚才说的那两个菜单上明明没写，董小姐想联系上下文猜选项的机会都没有。

菜单内侧有一个夹页，列着一排看起来挺有诗意的英文单词：Carrickfergus（卡里克弗格斯），Faure Pavane（弗雷孔雀），Barcorolle（船歌）……董小姐暗自庆幸："还好有创意鸡尾酒，喝点儿酒好掩饰羞愧的脸红，就它吧。"

"请问这位小姐，您就要这个吗？"西服革履的服务生已经站得有点儿不耐烦了。

"Barcorolle！"董小姐自以为发音正确无误，服务员看起来并没有要跟读的迹象。

"嗯，您确定吗？"服务生有点儿迟疑，又看了一眼大表姐。

"萌萌，你不点些吃的吗？"她看上去很关切地问董小姐。

"不用了，Barcorolle就够了。"被这一问，董小姐更加不卑不亢了。

大表姐目送服务生把三个人的酒杯都撤走了之后，把自己的平板电脑立在桌上，打开一个非常大的表格，上面五颜六色地标着各种事项。"这是宾客表格，你也知道我姨妈和姨爹分开了的嘛，所以台子不好搞。另外小鱼是要跳交谊舞的，对唔啦，所以也给张老师安排了课程。舞蹈老师给他们编的舞很有腔调的，你到时候看就知道了。当天你要早点儿去，我定的婚礼策划虽然很不错，但是小鱼不想开销太多，所以他们只管统筹的，那些插花搬器材的事情，还都是要我们自己干起来。然后，最紧要的就是场地，小鱼说想要在四合院里办，那种比较亲密。我挑了，喏，这三个。价格还没定下来，你们到时候跟我一起去杀价。记住，好面子是讲不出好价钱的。另外，21号试婚纱和伴娘装。因为还要最后再改一次的呀。你不要嫌我啰唆，婚礼就是要这样事无巨细才能妥当。"

董小姐一边翻白眼一边点头，虽然表面上不耐烦，但是心里还是很佩服这个天蝎女的"机关算尽"。毕竟这是姚大夫的大喜之事，她也希望能办得越完美越好。

服务员给大表姐和朱主任的茶壶、茶杯上桌，三层的点心托盘也端了出来。落地窗前坐下一位竖琴演奏家，现场伴奏，歌曲悠扬。董小姐的鸡尾酒还没有来，眼看着朱主任和大表姐在品味美食，董小姐也有点儿饿了。

"这吃着有顺序吗？"朱主任问。

大表姐很认真地讲解："从下往上吃，一般下面是咸的迷你熏鱼三明治一类的，中间是斯康这种比较中性的，上面是甜食。萌萌你要不要也来点儿？我们肯定吃不完。"

"不用，我不饿。"董小姐借口去洗手间时，溜出来问服务生 Barcorolle 能不能快点儿上。

"不是已经给您'上'了吗？这竖琴正演奏呢呀！"

董小姐生无可恋地坐回位置上，服务生殷勤地过来问："还有什么需要？您要再点点什么么？"

董小姐望着窗外说："Barcorolle 挺好的，再让她循环来三遍。"

悠扬的竖琴声中，董小姐穿过玻璃窗望着楼下的人群，看见其中一个跟刘航一样的学生骑车带着他的女朋友。

"你知道我妈看见我给你缝椅垫的时候说什么？"大三的刘航转头问坐在后座的董小姐。董小姐在自行车上晃荡着那时还细长的白腿，摇了摇头。

"就俩字！"刘航说，"可笑！"

董小姐坐在刘航亲手缝的椅垫上，幸福地搂着他的腰，重复道："可笑！"

董小姐觉得现在的自己才是真的可笑。失败感在"鸿门下午茶"后和饥饿感一起排山倒海地袭来。IWatch（智能手表）显示已经过了6点，Sin 电话、短信都没有来一个。想来这一天没有一件事顺心得意。从刘航以后，交往的没有一个不是渣男。董小姐想想自己回国尽看人家歌舞升平，自己要成就没成就，要男人没男人，要未来没未来。不知不觉已经在奥体中心跑了一圈，跑着跑着忽然觉得风吹着脸颊上湿漉漉的两行。原来自己竟然还有脸哭："可笑。"

Nike App 上显示6千米，董小姐手一抖就分享到微信上。她感觉血糖有点儿低，就在公园的椅子上趴了一会儿。

醒来的时候，脸上的泪已经干了，绷得脸竟然有点儿疼。董小姐坐起来发现卷毛儿就在身边，吓了一大跳，差点儿从椅子上滚下来。狼狈之中发现自己身上还披着一件黑色男款的冲锋衣，背上写着四个大字：极度干燥。

"我家在这边，看见你微信就来看了一眼，没想到你这么会劳逸结合。"卷毛儿一身跑步的行头，身上也不知道是汗水还是露水，看着董小姐的眼神有点儿责备，有点儿心疼。

"不用了，谢谢。"虽然心里很想感谢，但是董小姐自怨自艾的情绪还没散去，扭着有点儿落枕的脖子准备去坐地铁。

"穿着吧，晚上凉。"卷毛儿拉了董小姐一把，硬是给她披上了外衣。董小姐从小就看电视剧里演男主角给女主角披衣服，但是自己却是第一次体验，可能因为跟卷毛儿不熟，这动作就更加暧昧。董小姐半屈半就地在他身高的笼罩下被转了半圈，心跳忽然就慢了半拍。街灯刚好打在卷毛儿的脸上，从她这个仰角看上去形象特别高大光辉。

"哇，这么经典的披衣服套路，你猜他是不是故意的？"董小姐大脑里一个声音在发问。

董小姐甩了甩头，心想今天受的刺激已经够多了。她毛躁地挣脱，损道："我又不是大便，极度干燥什么！"

"别不识好歹啊！这牌子高级着呢，名字糙，东西不糙！"卷毛儿肯定是低估了自己的音量，因为他后半句听起来也并不是真的要责备董小姐的样子，可是董小姐浑身的汗毛都因为"不识好歹"四个字炸了起来。

"对，我是配不上你们这些高级衣服，高级下午茶，高级竖琴独奏，高级人，你们都高级着呢，就我低级。"董小姐把衣服摔到他身上，一路跑回地铁站。

坐在空荡荡的地铁车厢里，身上一阵阵发冷，看到朋友圈里大表姐和 Sin 都给她的跑步帖子点赞。

一个说："跑这么多还不捐出来？赶紧加我们的公众号！"

另一个说："速度不错，加油。"

董小姐把脸埋在手里，在地铁里闷声哀号。

第九天

5月19日

（北京）

星期四

晴

24℃

按照田会计的指示，董小姐登上了开往"柳岸新城"楼盘的专车。一路上看着窗外的风景，听着前后座位的人聊北京天津的房价和祖国的发展趋势，董小姐昏昏睡去。

　　"这位小姐，下车了！"售楼小姐把董小姐摇醒。

　　董小姐下了车，看到老董正拉着田会计，另一只手里提着两捆菜向她走来。田会计冲董小姐高兴地招手。小时候，田会计常常给董小姐念一个"金丝猴"的故事。金丝猴娇生惯养，交不到朋友，大家都懒得理它，它会跟其他小动物说："爱理不理，我找我妈玩去喽！" 田会计每次念都会噘着嘴说："我造（找）我妈瓦（玩）去呢！"董小姐深深地觉得，现在的自己真的只能找妈妈"瓦（玩）"去了！

　　新家的布置很别致，到处都是精心设计，透着田会计的心血。老董做好午饭，一家人愉快地吃起来，Sin 来微信了："萌萌，我想你。"

　　"噢。"董小姐秒回，已经懒得再和他演若即若离。

　　"我去找你。"

　　董小姐看了一眼，没有回。昨天碎成粉末的自尊心稍微有了点儿卷土重来的征兆。

"说真的呢！" Sin 没有继续打字，而是留了语音，背景里有嘈杂的街市声，董小姐好像看到他发动保时捷凯宴的样子。

"我在天津呢。"终于听见了 Sin 的声音，董小姐似乎听出了诚意。

"地址给我。"

"再说吧。"董小姐还想再确认一下。

"地址！"

两个小时以后，Sin 短信来问："萌萌，出来。"

关于让不让 Sin 见父母，董小姐犹豫了一下。看他没有主动要见家长，在美国待久了，董小姐并不觉得是个问题，虽然很想在老董和田会计面前展现一下自己风采依旧、追求者众多，以防二老拉她去公园相亲。但想想 Sin 也没正式表达交往的意愿，还是少带着全家自作多情为妙。

"你就不想我吗？" Sin 对着关上的电梯门，轻声问身边的董小姐。

"不想。"董小姐说。

Sin 转身罩住董小姐，劈头盖脸地热吻。

这个吻好像一首有韵律的诗——先开始很有力，然后停下来，用眼神烫平刚才气息的波澜，再继续缠绵轻柔。董小姐蹭着电梯滑到地上，然后绕开 Sin，跑出电梯，一边用胳膊擦嘴，一边回头对 Sin 大笑着说："就不想！就不想！就不想！"

Sin 眉头舒展，笑得拨云见日，追出电梯："你给我回来！说你呢！小同学！咱们再聊聊！"

这次 Sin 并没有开凯宴，而是为董小姐打开了一辆黄色小跑车的车门。

"你是微服私访吗？这车怎么这么有年代感啊？"董小姐问道。

Sin笑了，"也有你不知道的吧？你搜索一下95年的马自达RX7。"

董小姐看了一下报价，感觉也没有凯宴贵。

"简单点说就是，懂车的人看我开这车，知道我是高端玩家，并不是炫富。"

"是和AE86一个意思么？"董小姐摸着里面翻新的皮座，似懂非懂。

"哎，还知道AE86。"Sin一脸刮目相看的样子，让董小姐很受用。

在天津的意大利村吃完饭，Sin自然地牵上董小姐的手逛街。董小姐其实很少逛街，确切地说，很少跟男人逛街。以前跟刘航上街就是冲着吃的去，商店里的奢侈品连看都不看一眼。跟汤姆交往时两个人尽量AA制，董小姐没有收过超过20美元的礼物。

董小姐安静地坐在Burberry（博伯利）的店里，Sin似乎对夏季新款很有兴趣，衬衫还没系好，就忙着出来让董小姐看他，衬衫中间隐约能看见白皙而有弹性的腹肌和胸肌，董小姐脸一下就红了，低下头忙说："挺好看的，挺好看的！"

Sin更是敞着胸走近董小姐："看呀，别光坐着。"

"不，不用看了。"董小姐一手抵着Sin逼近的胸口，一手捂住眼睛，仿佛承受不了这样的诱惑。

Sin被董小姐的窘迫逗笑了，说："你看看你喜欢什么，送你。"

董小姐慌乱地从他的气息中逃出来，随意拨乱女士新款，在一条白色裙子前停下来，千辛万苦地从领子里把价签掏出来——

9500 元。董小姐心里折合了一下美元，1400 美元，顶匹兹堡两个月的房租。董小姐心里明白，一个能为了橘子皮开一瓶 2 万元龙舌兰的人，当然不会介意花 9500 元买条裙子。站在一件件两月或三四月房租面前，董小姐想起《折叠北京》里空间交替的场面，觉得自己正站在第二和第一空间的边缘——Sin 在那个空间，而她，董小姐，在这个即将被折叠的地方，有点儿英雄气短。

像龙舌兰一样，Sin 不由分说给白裙子买了单。董小姐被 Sin 拉着走在灯红酒绿之间，觉得很奇妙。什么航、什么姆就在触手可及的昨天，而今天，这个叫什么玄的有钱人能取代他们吗？和这个人在一起就能到达幸福的彼岸吗。

"带你看一个东西。"Sin 拉着董小姐坐上"天津之眼"，和他们分享一个车厢的还有一个三口之家。

在他们快到达顶端的时候，在河边突然升起一团团的烟花，姹紫嫣红的，在海河的映衬下美极了。

"妈妈！快看，烟花好漂亮啊！"

"可不是！不年不节的，没听说还有放烟花的项目啊！"爸爸也感慨起来。

烟花一直持续到他们的车厢回到地面。董小姐激动地拉着 Sin 的手说："太幸运了，刚好是在我们在上面的时候，从高空看烟花是完全不一样的体验！你怎么知道什么时候放烟花？"

Sin 轻声问："喜欢吗？"

董小姐突然发觉 Sin 比大家都淡定很多，只听他说："特别叫人为你放的。"

"你别逗了。"董小姐难以置信。一是不相信眼前的这个人有这么神通广大，二是不相信自己有这么大魅力，让人家这么宠自己。

Sin 到底是阅人无数，似乎两层意思都读出来了。然后一边亲她，一边当着她的面又发了一条短信。董小姐还在闭着眼享受这个吻的时候，头顶上又绽开了大朵大朵的烟花。

"信了吗？" Sin 问。

董小姐看着桃心形状的烟花，幸福得不停点头："信了，信了！"

"信了就好！" Sin 又发了一个短信，新一轮的烟花终于华丽收场。

董小姐靠在 Sin 的怀里，在烟花中想：此时此刻，自己真的好幸福。可这么多年来的坎坷，她即使嘴上说信了，却完全没法真的相信——这就是自己的 Happy ending（美好结局）。如果下一刻，自己又不幸了，此刻烟花的美好，也依旧是美好的呀。

董小姐忽然想起海子的诗《答复》：

麦地

别人看见你

觉得你温暖，美丽

我则站在你痛苦质问的中心

被你灼伤

我站在太阳 痛苦的芒上

麦地

神秘的质问者啊

当我痛苦地站在你的面前

你不能说我一无所有

你不能说我两手空空

"谁也不能说我一无所有。"董小姐居然说出了声。Sin 看着她笑了笑，董小姐觉得那笑容像麦浪一样。

Sin 的车停在董小姐家楼下，把他们买的各种东西从车上拿了下来。

"给你介绍的，你别忘了去，记得别说你的年龄。" Sin 说的是一家留学中介公司，他是股东，所以加个人进去领工资易如反掌。董小姐觉得自己像婴儿一样被照顾得舒服极了。

第十天

5 月 20 日

（北京）

星期五

多云转晴

18℃

姚大夫倒休，泡在董小姐家里翻小时候两人的交换日记。

　　董小姐躺在床上，一手拿一个乐高小人，脑中则重演着昨晚的肥皂剧。

　　"董晓萌，咱俩好吧？我想你，想得想睡觉。"董小姐给右手的男乐高小人还加了点儿《有话好好说》的台词。

　　"嗯——"董小姐左手的女乐高小人假装矜持，"我考虑考虑吧！"

　　"别考虑了，我求求你了！"男乐高小人死死抱住女乐高小人，然后发出了接吻的声音，"muahhhhh, muahhhh——"

　　"从小就你们俩玩儿，怎么还不够呢！"田会计给她们送水果进来，打断了乐高版成人爱情动作片。

　　"水清沙幼，椰风树影。"姚大夫用麦兜的口气念着日记里的一行字，"唉，小时候咱们老说一起去看海，一起去看海，结果你一溜烟儿就出国了，并没有一起去看海。"

　　"走起！现在流行去哪儿？马尔代夫？三亚？济州岛？我还欠你一个 Bachelorette party（脱单派对）呢！"董小姐从床上一翻身起来，开始查行程。

　　姚大夫马上开了个微信群："亲们，脱单派对想去哪儿？"

　　董小姐停下了键盘上翻飞的手。本以为属于两个人的旅行，又不忍心让姚大夫失望。姚大夫爱热闹，董小姐比较独，从小看大。

"泰国普吉岛有腔调伐？我去过，认识一个酒店老板，他们的私人海滩很灵的。"大表姐第一个回复！

"必须的！"朱主任二话没说。

"真的吗？我要从泰国直播了吗？真的这么棒吗？我有好多比基尼，可以先拍几集，让大家赞助咱们玩儿冲浪，哈哈哈！"网红妹过度分享着。

"等等，等等，泰国是不是要护照啊？"董小姐突然想起来。

"糟了，忘了，那还是三亚吧。"姚大夫赶紧说。

董小姐没脸去看姚大夫，怕看到哪怕一丝一毫的失望，然后变成两个人的裂隙。微信群里顿时爆发出一串可惜哀叹声。

"要不然你们先定着，我要是这几天能拿到护照就跟你们去！反正可以落地签！"董小姐虽然嘴上这么说，但是心却哇凉哇凉的。本来是想借机好好补补冲淡了的友情，这下可好，又给自己挖了一个坑。

"那我们先安排了，萌萌你拿到护照再加进来嘛。"大表姐毫不手软地把董小姐踢出了"普吉岛脱单派对"群。

一肚子火的董小姐去找 Sin 共进晚餐，约会的地方是最近流行的"黑暗料理"（Dine in the Dark），就是就餐环境不透光，客人什么都看不见，侍应生都是盲人，将客人引入座位，又靠自己对位置的熟悉准确地离开。

"这么有社会融合的意识，又照顾了残障人士就业，又挣了大钱。谁想出来的？太伟大了！"董小姐说。

"萌萌，我不喜欢你这么愤世嫉俗，挣大钱有错吗？你不要这么仇富。"Sin 在黑暗中的话让董小姐有点儿奇怪，不知道是自己太刻薄，还是 Sin 太敏感。

"请您现在将眼罩拿下，熟悉一下您周围的环境。您桌上有酒杯、饮料杯、餐盘和刀叉。"侍者的脚步渐行渐远。董小姐不由自主地拉住了Sin伸过来的手。

"别怕，我在呢。" Sin拉着她的手。董小姐觉得那声音遥远又亲近，一种久违的安全感从耳朵开始暖遍全身，对刚才的些许不适换成了依赖。

Sin的手轻轻揽着董小姐的腰，温柔又有力，两个人的距离更近了，鼻息都能辨别出彼此的脸了，就开始用嘴来找对方的嘴。那个"上帝关上一扇门，就打开一扇窗"的说法简直可以做这个地方的广告词，也难怪接吻会自动闭眼。 如果不是在不透一丝光的地方完成，人的羞耻心也会妨碍对这样缠绵的口腔运动的享受。

"你真好闻。" Sin在董小姐耳边轻轻地说，每一个字都掠过她耳郭上的汗毛，将它们捋得服服帖帖的，"我觉得你有一股味儿，我闻不够。"

董小姐被Sin说的自己也忍不住闻了闻。除了Sin身上零星的烟味儿和古龙水味儿，只能闻见自己身上浅浅的洗衣粉味道。

长长的吻结束了，董小姐感到Sin的呼吸依旧在耳畔。为了拖延第二个吻的来临，董小姐调整呼吸，轻声对Sin气息的源头说："你知道接吻的来历吗？人类学家在这个问题上分为两派，一派认为这是本能之举，一派认为接吻起源于嘴对嘴的喂食……"

"你个小祸害，在哪儿学的歪门邪道！"Sin轻轻放开董小姐，还没等她来得及为人类学研究领域广泛正名，就又把她拉入怀里，用嘴喂给她红酒。舌尖碰到酒的时候，董小姐浑身都酥软了，就是现在化成一摊春水，被他踩踏，此刻也没人能看到他有多霸道，自己有多不害臊了。

"这够原始吧？"即使看不见脸，董小姐也能清晰地感受到 Sin 的得意。

耳鬓厮磨，酒过三巡。董小姐借着黑暗佯装轻描淡写地说道："我发小儿姚大夫婚礼，我力邀你来帮我助阵。姚之好，咱们初中的校友，你也认识。"

"记得。不过婚礼嘛，我还是别去了吧，你看我去了，你要怎么跟人解释咱们俩的关系呢？" Sin 刚说完，董小姐有点儿奇怪。可一片漆黑中她看不到他的表情。

"咱们俩什么关系？有什么不好解释的？"董小姐话说出来，已经觉得有种不祥的预感了，"你不会已经结婚了吧？"话音刚落，董小姐汗毛直立，冷汗已经出了一身了。因为周遭是伸手不见五指的漆黑，董小姐的恐惧好像更深了。

"对啊，我以为你知道呢。" Sin 好像在聊别人的八卦一样。听得出来，他面前那块 8 盎司左右的神户牛排应该已经不剩什么了。

董小姐向他声音那边抢了一下，什么也没抢到，感觉像噩梦一样。"服务员！我要出去！" 董小姐大喊。

Sin 的声音依旧那么淡定："萌萌，别闹！大家都看……嗯，听着呢！"好像董小姐是在撒娇，而不是险些成了一个第三者。

"狗血的是你好吗！" 董小姐恨不得拿起红酒泼 Sin 一脸，可是到底泼哪儿呢？董小姐起身，像个盲人一样用手摸着向四下找路，跌跌撞撞，好像撞到了附近的几桌，一路上爆发出此起彼伏的"哎哟""干什么呀"的抱怨和娇嗔，总算被服务员接了出来。站在门口，她才发现自己在哆嗦。也许是突然进入光亮的世界，董小姐捂着眼睛，热泪夺眶而出。

还好，服务员是看不见的。

第十一天

5 月 21 日

（北京）

星期六

晴

24℃

想起黑暗中的那个湿吻就心有余悸，董小姐不敢闭眼，所以一夜没睡好。她再次搜索了"魔力手游郑玄"的信息，依然没有任何婚恋消息的报道，公司拓展业务的新闻倒是很多，到处是他励志演讲的画面，又高又帅又富。

　　白天在家里"挺尸"的时候打电话催问签证是否办下来了，居然得到了肯定的答复，董小姐一下满血复活了一般，从床上一个后滚翻站了起来。

　　"我可以去泰国了！"董小姐挥舞着自己签证通过的电子截图对姚大夫说。

　　今天要试穿婚纱和伴娘装。下午，伴娘团在三里屯的QueenB婚纱店聚首。

　　两人十指相扣，一起蹦跳起来，董小姐喊："椰风树影！"

　　姚大夫接："水清沙幼！"

　　大表姐不耐烦地按住躁动的董小姐问："你到底预约了没啊？"

　　"预约？试个婚纱还要预约？不能 walk-in（无预订散客）吗？"董小姐马上按了一下门铃，里面一个娇嗲的声音："您好，QueenB。请问有什么可以为您效劳的？"

　　"呃，我们是来试婚纱的。"董小姐理直气壮地说。

"喔，对不起，我们三里屯店不接受walk-in，现在最早的预约是9月14号，您看可以吗？"

"天啊，9月，孩子都有了吧？"朱主任在对讲机旁边双臂交叉，难以置信。

"我就跟你说！"大表姐一把将董小姐拉开，清了清嗓子，对着对讲机说，"是Stella（斯特拉）么？我是Quinnie Yu（昆妮）啊，侬别告诉我，侬忘了我带着Sasha（萨沙）来那次，侬跟我保证以后我随时都可以walk-in的哟。"

"OMG（我的天），是Quinnie Yu么？我怎么会忘呀？快请进，快请进！"

董小姐翻着白眼去拉门，却怎么都拉不开。大表姐再次把她拱到一边，门一推就开了。伴娘团众人都哄笑起来。

姚大夫赔笑说："word（我的）大表姐面儿真大！"

QueenB的婚纱都非常漂亮，但是开价都很惊人，姚大夫坚决不要定制，只试穿成品。就这样姑娘们还都挑花了眼，姚大夫主要在复古风和简约风中犹豫不决。

姚大夫一边一件件翻看，一边悄声问董小姐："你昨天和Sin怎么样了？"

"这个好难看。"大表姐在远处大发感慨，似乎是对她们背地里开小会的一种抗议。

"嗯，我也不知道。"董小姐不想在婚纱店谈自己的疑似插足。

"你怎么会不知道？"姚大夫看出不对，有点儿着急地追问，"你上次不是说婚礼带他的吗？"

"侬可千万别穿这件，蝴蝶结土得要死。"大表姐凑上来，对姚大夫手上的婚纱做评论。姚大夫马上松手拿了另外一件。

"我觉得还行吧？"董小姐最喜欢和大表姐唱反调。

"人还是婚纱？"姚大夫不理她们，继续刚才的话题。

董小姐挤到大表姐和姚大夫中间，在姚大夫耳根轻声说："婚纱还行。人可能不太行。"

"怎么还行？侬眼光有问题的呀，蝴蝶结太孩子气了。"大表姐偷听得不太真切，继续讨论婚纱。

"哎呀，你不要在这里捣乱了！"董小姐轻轻搡开大表姐，从她身后的架子上拿出一件垂感很好的婚纱递给姚大夫，看上去跟姚大夫的气质很配。

"恶人先告状！你才捣乱呢喔唷。今天是来挑衣服的，数你有时间聊天，别人还很多事情要做呢。"大表姐努力拉开那件婚纱，递上去一件 A 字纱裙。

"Quinnie 好眼力，这是今夏新款，法国设计师。伊莎贝拉结婚时也是挑的这款呢，现在促销价 18888。"Stella 不知道什么时候端着茶水和点心来给大表姐捧场。

"天啊，太贵了，促销就促销吧，立减 1112（要要要二），是想骂谁啊？我不要。"姚大夫白了 Stella 一眼。这个小表情被董小姐捕捉到，两人隔空分享了一个瞬间，充满同仇敌忾的甜蜜。

大表姐的提议又一次被否定，眼神里都是不服气。

"啊，那什么，我 8 点半必须得走了。不好意思啊，我得回我妈家接我闺女了。"朱主任已经试穿了一件紫色的伴娘裙，看起来有点儿紧。那个叫 Stella 的服务员一脸生无可恋地帮她拉拉锁，还一边在试图劝阻网红妹别穿店里的衣服直播："我们的设计都是有 IP 的，不可以这样的哈，小妹妹！"

"所以能不能定下来？"姚大夫冲着董小姐问大家。

"人还是婚纱？"董小姐挑衅地接话。

"说婚纱！"大表姐双眼喷火。

"我也挺喜欢蝴蝶结的。"网红妹发嗲。

"你当然喜欢蝴蝶结！"董小姐和大表姐异口同声。两人竟然都为这个意外有些尴尬，好像跟讨厌的人撞了衫，恨不得马上把衣服脱下来。

"那还是刚才那件吧。"网红妹被两位大姐大的气场震住，缩进一墙的婚纱里。

董小姐觉得自己的事儿可以等等再说。

第
十
二
天

5 月 22 日

（北京）

星期日

晴

26℃

"白骨精，不就是你董晓萌本色出演吗！" 姗姗信誓旦旦的话语还回响在她的耳畔。

姗姗说的是让董小姐去演一个暂定名叫《白骨精相亲记》的迷你网剧，包午餐，一天1000元，就在什刹海附近的一个四合院里。

"能挣一点儿算一点儿吧。"董小姐昨天买下伴娘装后，立刻有点儿英雄气短。

公共汽车停在平安大街上，车门打开，董小姐一眼看到了站在下面一脸期待的卷毛儿。自从上次拿"极度干燥"扔他一脸以后，董小姐就再也懒得理他，任他在董小姐朋友圈怎么发表评论，她都概不回复。有了Sin的教训，感觉国内男人的套路太多，董小姐委实不敢接招。

这会儿，打扮得特别"白骨精"的董小姐站在车上居高临下，看着卷毛儿一脸恭迎圣驾的谄媚表情，虚荣心瞬间满格。

然后，董小姐被自己的长裙绊了一下，一个马趴从车上摔到地上。还好用手撑着，没有摔成标准的狗吃屎。当场把卷毛儿笑傻了。而且，不仅是他，司机、靠窗的几个乘客，还有她自己，都抑制不住地笑了起来。

卷毛儿想去药店买药包扎董小姐手上的伤口，但董小姐怕耽误拍戏，只好在临街的饭馆买了瓶小二锅头消毒。看着卷毛儿拉着她的手认真看伤口的样子，董小姐的脸又不争气地红了，非常不解风情地评价道："矮油（哎哟），墨迹（磨叽）什么啊？"

卷毛儿喝了一口酒，想做喷雾状，结果一股脑全吐在她手心上，恶心得董小姐把酒都甩地上了。

"你行不行啊？你再吐两口浓痰，搅和搅和！" 董小姐用手背使劲儿往卷毛儿身上蹭。

卷毛儿也不急于躲闪，乐不可支地说："我看电视上演的都是喷雾状的呀！ Easier said than done （说起来容易做起来难）"

董小姐不由分说，抢过酒瓶，"咕咚"喝了一口，冲卷毛儿眨了眨眼。卷毛儿关切地问："还等什么啊？"

"我咽了。" 董小姐拼命吐舌头，被辣得够呛，想把烧心的这团火倒出来，又束手无策。

"你这业务技能还不如我呢！"卷毛儿嘲笑道。

在他把酒抢走之前，董小姐又喝了一口。这次机灵多了，先试着冲左边喷喷，喷出了状态，赶紧把脸扭到手的上方，这一扭，喷了卷毛儿一脸，等轮到喷手时已经没有"火力"了。

两人把彼此逗得前仰后合，借着酒劲儿互相搀扶着进了摄制组。

到摄制组报到，导演听说是姗姗介绍来的，也没说什么，叫董小姐去把漂亮衣服换了下来，穿了睡衣戴上眼镜，化妆师把董小姐的妆都用粉底盖了一遍，女"屌丝"的定妆照一点儿不含糊。原来节目组制片自带了个网红脸演"白富美"，董小姐本来想讨个说法，但听说便当和工资照领，自然开心地在片场找人聊天。

107

卷毛儿没两分钟就被群众认出是"绿帽哥"，被安排了跟白骨精演对手戏的"高帅富"的角色。

没演成白骨精董小姐也无所谓，跟录音师聊了半天录音设备的问题，最后还跟录音师留了微信。

"这就勾搭上了？"卷毛儿醋溜溜地走过来。

"淘气！人家正经学习专业知识呢。"

"你不是人类学专业的吗？"卷毛儿一问，董小姐忽然觉得自己没跟他提过啊，难不成是那次喝醉了在 Sin 的车上偷听？不觉脸又开始泛红。

"是啊，人类学就是凡是人类我们都学。"董小姐敷衍着。

"行吧！"卷毛儿递给董小姐一份盒饭，就这么放弃了和漂亮女网红攀谈的机会，坐过来和她一起吃，

"演'高帅富'爽吗？"董小姐试图甩掉 Sin 对大脑的侵略。

"一般，演女'屌丝'爽吗？"

"不爽，姗姗骗我说让我演白骨精的！"

"嗨，一遍一遍就那两句话，也没什么意思。"卷毛儿安慰道。

"那你还来！"

"姗姗说你也来。"

董小姐没话接，红着脸闷头吃饭。

收工了，卷毛儿提出送董小姐回家。董小姐本来是拒绝的，但是卷毛儿已经把车开过来，还是那辆带翻斗的摩托车。董小姐乐了："这车人能坐吗？"

"冲动消费，冲动消费！"卷毛儿笑起来傻呵呵的。

卷毛儿并没有把车直接开回董小姐家，而是带着董小姐来到

他任教的中学，居然就是董小姐和姚大夫的母校。实验楼的观测台已经很久没用过了，在北京这么中心的地段，不说雾霾，周边的光污染也没法再观测星星了。

卷毛儿泡了茶，递给董小姐一杯。楼下是奥数班学生下课的吵嚷声。

"你怎么想起来教书呢？"董小姐看着楼下的孩子们嬉闹，突然想起《麦田里的守望者》。

"我回来做了一阵子咨询，感觉自己和出国前没什么两样，每天活得很竭尽全力又毫无意义。后来家里人生病，我照顾不过来，就辞了职。那段时间很难过，但是也迅速想清楚了很多之前没想清楚的事情，比如，每天奔波并不是我想要的生活。"

伴着霞光，董小姐忽然觉得卷毛儿显得比他看上去成熟了一些，问："你后悔回来吗？"

"不后悔。"卷毛儿喝了一口茶，目光闪闪，看着董小姐，"其实我们在哪儿过都是过。现在，你在大城市里，生活条件、费用都差不多，就是人多，装×的更多。"

"可是，在美国没人管我是不是 loser。" 董小姐深深吸了一口气。

"美国人不管，是因为他们的友谊并不通过亲密来达成，但是中国文化里，亲密并不一定代表友谊，但是友谊一定包含亲密，friendship without intimacy,or intimacy without friendship.（没有亲密的友谊与没有友谊的亲密。）你在中国文化里长大，那种淡如水的友谊你欣赏，但是你能消受吗？"

卷毛儿的高谈阔论一下震撼了董小姐，她张着嘴无言以对。他接着说："你老想让别人 care（关心）你，还不 judge（评判）你，这不可能！其实到最后，都是自己生活，世界不是围着你转，你也没必要纠结自己在世界上的位置。"卷毛儿给董小姐的杯子续上茶，"我'绿帽哥'向你保证，有我给你垫底，你回来再 loser 也不会比我差。"

"人真的很可怕，所有关心都是为了显摆自己吧。"董小姐迟迟不肯喝第二杯茶，"我都纠结一年了，我爸妈也担心我回来适应不了，毕竟我只有个硕士学位，没有 offer，回来算是'裸归'。当时我去美国选人类学就好多人反对，说你就在中国工作个几年再出国呗。我当时就特别犹豫，尤其是——"董小姐忽然觉得刘航这两字念起来很吃力，"尤其当时还有男朋友，可是我就是想出去看看。"

"那现在呢？不是都看过了吗？"卷毛儿又给自己倒了一杯，"你在美国还有什么未竟的事业？"

董小姐反问："未竟的事业？我不知道。你现在竟了什么事业啊？"董小姐还想说："你卡内基梅隆的 MBA 来我们中学教国学就算事业了？不能怪老婆跟人跑了吧，在北京生活成本会很高吧？"

"我？我是说评书的，我想把这种艺术样式传承下去。现在北京的'80 后'说书人没有多少，我要用我自己的全部力量把这件事办成。"

"这么有理想啊？"董小姐笑笑说，"我跟你比简直太愚蠢了。我关心的只是我会不会因为被人嘲笑而后悔回来，你却胸怀大志，要传承的是国学。你怎么这么厉害啊？"

"反正我不回来会更后悔。"卷毛儿似乎没听出董小姐话里有话，认真地说，"与其花时间在如果上，不如再去试试。你又不是没在这儿活过，外国你都不怕，你怕回来？"

突然，董小姐划拉着水泥地上的垃圾，用脚踢开所有的土，一个伞形的图案在观测台下面的水泥地上显现出来。

"董姚氏、姚董氏？"卷毛儿凑过来眯着眼念图案下的小字。看起来有很多年了。

"刚建这个楼的时候，我和姚大夫偷偷跑上来写的，没想到还在。我得拍一张发给她。"董小姐兴奋不已。

"其实要说想做什么，我最想在北京做口述历史。"董小姐发完微信悠悠地说，"我在美国这几年，跟着我们老师做田野考察的时候是最幸福的。你也知道，匹兹堡是美国的老牌重工业域市，有很多历史遗迹。我们分组去采访以前钢铁厂的工人，现在很多废弃工厂被改造成时髦的商住混搭区，老工人们的青春印迹通过口口相传被记录下来，听起来特别有味道。北京也应该有人做这样的事情。"

"你做个电台，多容易啊。"

卷毛儿跟董小姐要了手机，打开录音功能。"我叫司徒，从0到12岁，我家住在兵马司胡同26号。现在已经不见了，是金融街扩建的……"

"你搬家后还回去过吗？"董小姐马上明白了他的意思，等他说完问道。

"回去过一次，我有种近乡情怯的感觉。那天特别巧，一个人也没有，所以我也没有去敲门。"

在安静的天台上，董小姐和卷毛儿一问一答，有一种很古意的东西在两人之间弥漫开来。

第十三天

5月23日

（北京）

星期一

阵雨

18℃

自从知道郑玄隐婚已经两天了，董小姐在第三天是最纠结的，因为说好去实习就在今天。不去呢，说好"月薪 12000 元，工作时间灵活"，董小姐这马上又要去泰国，信用卡里还有上月的房租水电等着还款，都是亟待解决的问题；但是去呢，实在是还有跟郑玄狭路相逢的可能。董小姐觉得红酒没泼果然没有任何气势，自己昨天在朋友圈发的"'屌丝'女参演网剧"，郑玄居然好意思在上面回复："美！"

　　也许是听信了卷毛儿的理论，董小姐想试试在国内朝九晚五的生活。不试试怎么知道呢？

　　中介名叫"坦途留学服务中心"，在建外 SOHO 的办公区，工作环境非常现代，比董小姐在美国实习的任何一个地方都更像美剧。来往的同事衣着光鲜，大家都很安静，偶尔能听见一些对话，关键词还都是英文。

　　人事部门的人让董小姐填表，年龄一栏，想起郑玄的提醒，稍稍迟疑了一下，那个人事小姐瞪大眼睛看着她："有什么地方不 clear（清楚）么？"

　　"没，没不 clear，不能 clear 更多。"董小姐阴阳怪气地回答，索性照实写了年龄。

看来公司的小道消息比埃博拉病毒还凶猛，董小姐还没坐到安排的位置上，已经有酷酷的"90后"端着咖啡走上来发难了："哟，萌萌姐，我们从来没有您这个 age（年龄）的 intern（实习生）啊。您留学是不是还是 last century（上世纪）的事情啊？ GRE 题型都换了好几遍了呢！"

"不是越变越简单了吗？" 董小姐情绪激动，对来势汹汹的质问有点儿措手不及。

"萌萌！你来了？郑总说要过几天，没想到这么快啊。"说话的是公司 CEO 兼合伙人，李强。董小姐和他在新东方教英文的时候就认识，那时候他们两人都靠颜值赢得了不少学生们由爱慕转化来的工资。本来董小姐直接要求来实习应该也行，但是想到"小安子"事件，董小姐多长了心眼儿，防人之心不可无，毕竟很久不联系，公司这些小鱼小虾耍她这个美国回来的资深"屌丝"还能怼回去，要是领导也这样，这工真是没法打了。

"我还没来得及给你安排。"李强一边说一边把董小姐让到会议区，"目前我们这里大概三大块业务，留学培训，留学申请，还有留学导航。现在集中力量在做留学导航这块儿。"

李强的话听起来还算厚道，没有夹杂英文，董小姐稍微放心了一些，正要问所谓导航是什么意思。

"这个导航，其实就是论文代写，写手也都在国外，我们就算捎客吧。50 美元一页，12 号字双行，我们抽成。现在最需要你发动你在美国的资源，招募写手，郑总跟我说你是学……文科的，我们现在主要是商科和社会科学的客源体量比较大，艺术学科的也在增长……"

"这合法吗？" 董小姐小声嘀咕了一下，随即被淹没在李强滔滔不绝的介绍中。

"你看，我们5月和11月都是客户翻倍，却找不到人接活，3000个项目写手却只有800人。我们的总体合格率是有保障的。但是你看，美国大学一到期末人手就不够，暑期还有挂科重写的业务……你刚才说什么？"

"我是问，那个，会不会……"董小姐一张脸憋成紫色，心想，自己如果被当场抓到作弊，也不会比现在更窘迫吧。

"如何规避风险？"

董小姐一边点头，一边发自内心佩服李强用词的文雅。还是中文博大精深，明明是掩盖违法乱纪的狐狸尾巴，却说得这样堂而皇之。"智力奥运会"缺少李强这样的高手，感觉都白办了。

"这个你不用担心，我们是注册公司，法律方面我们有专业律师保障。"

董小姐心想，所谓"专业"律师希望不是和"专业"写手一样级别的保障。

"我听郑总说你还有可能回美国呢？到时候导航方面你就多费心吧，现在靠真才实学出国的孩子也有限，论文代写的资源也不好找。你这些天在北京，先看看流程，给我们提提意见什么的。"

眼看没有被要求现在就去Facebook上拉壮丁，董小姐心中的巨石总算落地了。心想，反正也不是长久之计，先看看再说。

"哎呀，Ms.董，刚才不好意思，我知道您这种senior level（高水平）的人不会跟我们一般见识的。"

董小姐刚从会议区回来，"90后"就开始说好话了。董小姐感慨："趋炎附势"也是代代相传。

"90后"戴着蓝颜色的美瞳，看似礼貌地伸出手："你好，

my name is Guy（我叫盖）。"

董小姐心想这么破的名儿，还挺配这张纸醉金迷的脸的。"你眼睛真蓝啊。" 董小姐没话找话。

"他们都以为这是美瞳，我这不是美瞳，我眼睛就是这么蓝的。"

董小姐很错愕。就这么蓝，为什么能看见隐形眼镜的边缘和蓝色的一圈贴在眼珠子上跑？董小姐不想再为无关的事情耽误时间，很认真地点了点头，坐下来开始收拾工作台。

留学的学生真是多，代写的申请也是五花八门。与其说是咨询，更像是客服。所有项目都明码标价，中期论文，期末论文，本科的，研究生的，要得 A 的，B 的，C 的，需要加急的。一天看下来，董小姐的心都凉了。这么代写，当初董小姐认真看书写论文是不是太傻了？将来留学是不是都是自欺欺人的一场闹剧呢？

董小姐简单地做了一些笔记， 正要交给李强的时候，看到郑玄也在他的办公室里戳着。董小姐心一下就软了，鼻头也酸了。谁又没万劫不复地爱上过个把人渣呢？可看看郑玄，倒是春风得意的，玩着李强桌上的笔，笔在修长的指尖上翻转，那不经意的微笑意味深长。如果不是前天才发现他差点让自己当小三儿，董小姐这会儿大概会流着口水看着这个家伙，幻想些现实生活中不会上演的桥段。

"李强，我今天做的笔记，都放在这里了。我这月底可以请假两天吗？我闺密的脱单派对。" 董小姐不卑不亢。

"可以啊，我本来也想说，我们这里不需要你坐班，你在家帮着改文书也是一样的，而且下午可能更需要人来跟学生、家长面谈。"李强看了看董小姐的修改笔记点了下头。郑玄在一边看着她笑而不语。

"没事儿我先走了。" 董小姐怕节外生枝，迅速脱身。

还没走出大楼，郑玄就赶上来，"那么着急走干什么？"

"我没有啊？郑总想多了，我准时下班而已。" 董小姐决定有话好好说。

"我送你吧？" 郑玄揽着董小姐的腰。董小姐一时觉得腰间酥麻，四肢无力地坐进凯宴。

"这个给你，刚做的。" 郑玄递给董小姐一个盒子，里面是崭新的名片——"坦途留学服务中介总裁助理，董晓萌"。

"萌萌，有些事我没说，是因为我想你知道会不开心。其实你完全可以不用管，做你自己就好了。我会对我爱的人负责。"

董小姐把名片放在她和郑玄之间，犹豫到底要不要收下。憋了半天还是说了一句没有问号的反问句："你对你老婆也很负责嘛。"

郑玄所答非所问："我们是父母的安排。我太忙顾不了那么多，真的跟她没什么感情啊。"

"你跟我也没什么感情啊！"董小姐觉得电视剧的对白如果这么写，她肯定要换台了。

"萌萌，咱们从小就认识了呀。"郑玄宽阔的肩膀压在董小姐的身子上。那个年少时在篮球场上熠熠发光的男孩又附在了他的身上。

郑玄吻她，董小姐没有再拒绝。郑玄发动车子，说："你相信我。婚姻只不过是一张纸。我跟她有一张纸，将来也可以跟你有张纸啊 。"

一定是缺氧，董小姐脑子一片空白，心怦怦地跳得飞快。凯宴开出了停车场，外面的雨刚停，天边有一道彩虹。

"萌萌，姚大夫的婚礼我陪你去。都是老同学嘛，没关系。你想干什么我都陪你。"郑玄一边开车，一边右手拉着她说，"你信我吗？"

　　也许是这彩虹，或是参加姚大夫婚礼的许诺。董小姐突然觉得，也许已近而立之年的女人就应该妥协一下，也许这就是自己的命了。

第十四天

5 月 24 日

（北京）

星期二

晴

24℃

Sin 说出差一周，公事忙。董小姐识趣地不发短信，不打电话，心里还像一团乱麻一样。现在除了想要不要回美国学会计，又多了更多的纠结：要不要在这个留学中介接着干下去？要不要和这个隐婚的 Sin 继续下去？

　　姚大夫问董小姐怎么样了，董小姐说："一个好消息一个坏消息，你想听哪个？"

　　"坏消息！"姚大夫喜欢抓重点。

　　"好消息呢是他愿意跟我一起参加你的婚礼！"

　　"嗯。"董小姐在电话里完全听不出姚大夫的喜悦。

　　"坏消息呢，是 Sin 已婚了，但我也没想一刀两断。你现在是不是不想理我了？"董小姐在路边把刚买的鲜榨果汁嘬得哧哧响，来掩盖电话里的沉默。

　　姚大夫在电话那头虽然有点吃惊，可是完全没有要指责她的意思，只是反复问："你确定吗？你不是要回美国吗？你先把回不回国这件事想好，其他问题再一件一件来。"

　　姚大夫说得董小姐更加烦躁了，她把玩着的一张总裁助理的名片一下子飞弹出去。

　　"我要去门诊了，回头再打给你！"姚大夫对董小姐的沉默也无可奈何。

一整天，留学申请的案子都特别多，李强让董小姐先去帮忙处理。孩子们都表情飘忽，问他们想学什么，想去哪儿都一问三不知。有一个刘海特别长的男孩直接跟董小姐说："董老师，我要是不出国，今年我就要参加高考了，虽然要重新上两年高中，但是让您选，您会选什么？"

董小姐心想，如果自己的选择也像他们这么黑白分明就好了。中午连饭都没顾上吃，又谈了五个案子。

"董老师，谢谢您，我们家冰冰就靠您了！"家长万分感激地刷卡再见。董小姐觉得自己好像地狱门口的摆渡人。这些即将去新大陆面对陌生环境的孩子，将来会不会记恨这位董老师在他们生命里扮演了这么重要的角色？"董老师"又何德何能。

天刚擦黑，卷毛儿就骑着翻斗摩托来了，带着董小姐到了一个叫"福记"的餐厅，霓虹灯英文写着 Hong Kong Palace（香港大皇宫），门口"欢迎光临"的牌子上贴了一张 A4 纸，居中随便用黑体印着：

猪八戒俱乐部

Reverse Cultural Shock Supporting Group

（逆向文化休克精神互助小组）

董小姐指着霓虹灯说："这名字好熟悉啊，不会是 American Chinese Restaurant（美国式中餐馆）吧？"卷毛儿笑了："你怎么那么机智？"

周二晚 7 点，餐馆里没什么人，有两桌却是满满地坐了十来个人。

他们俩和众人寒暄落座，打开菜单，英文居首，中文翻译随后："左公鸡""湖南牛"，都是美国人最耳熟能详的中华名菜。

用标准的中餐花纹假瓷塑料盘吃完饭，主持人像牧师一样深情地拿起话筒说：

"让我们大家一起打开 fortune cookie（幸运饼干）。"

"大家好，我叫郑晴，回中国一年了。"一个穿着很邋遢的素颜大妈拿着话筒，在前面对两桌人说。

"你好！郑晴！"所有人回答。

"天哪，这是海归的精神互助小组呀？这也太搞笑了吧？你怎么发现的？" 董小姐和卷毛儿耳语。

"姗姗先发现的。我当时回国的时候，她带我来过一次。"卷毛儿回答。

大妈继续说："我在美国待了 8 年才回来，真的不适应了。我出国那会儿，谁不稀罕美国文凭啊？现在可好，一桌子人吃饭，除了准备出国的就是刚回来工作的，谁还没出过国啊？而且我最烦出国培训三个月的人说自己是海归了！"

"三个月怎么了？我就说我是海归，你能怎样？" 台下一个官员模样的中年男子操着河南口音站起来，"你待了 8 年是名校吗？指不定是什么玉米地里的学校。你问问你领导，说不定都没听说过，牛气什么你？"

主持人赶紧出来打圆场："李处，别生气。不管在异国待了多久，回来有了困扰，就是同甘共苦的难兄难弟。小郑，你接着说。"

"好吧，那我就说我最烦的牛津吧。他们凭什么给毕业了三

124

年的本科生发'荣誉研究生'文凭？别人花时间花金钱挣来的文凭，他们随便交个 10 英镑就拿到了。在美国最少要苦读 5 年，这还得算你幸运，要是遇上飓风、停电，实验室小白鼠都淹死了，我读了 8 年算是快的了。"

"怎么又说她自己了呢？"董小姐乐不可支，卷毛儿则各种冲她挤眉弄眼。

在座的也有人开始骚动了："是啊，好多拿着牛津 MAs 的说自己是硕士啊，我们领导就是 MAs 啊，我拿着 MPhils 的都不知道该说什么好了呀。"

"你们这都不算什么。大家好，我叫曾淼，我回来三年了，我做影视行业的，就算娱乐圈儿里的吧。" 郑晴的话筒被一个 20 岁出头的帅气西装男孩抢了过去，大家看得热闹，有人在下面起哄："贵圈儿劈腿算工伤吗？"

曾淼笑了笑，"其实比大家想得还乱，但没我什么事儿。我给圈儿里的老总当助理当了两年。回国之前老有人跟我说国内不差钱、不差钱，随便做个 PPT 就能圈来几千万，我就猪油蒙了心回来了。就这么跟您说吧。去年，我把美国一著名纪录片频道的大 boss 请国内来，当时我们一老总拍胸脯说一定要把版权拿下，咱再也不盗版了。大家坐下来谈钱。人家美国 boss 说，整套东西在现在中国版权环境下给你，要收 2500 万美元。我当场一翻译，我们这位老总特好意思，跟我来了一句：'你问问他 200 万干不干？'我心说您秀水街买包呢大哥，咱不能从脚脖子砍起啊。他说你不懂，年轻人，你赶紧问问。我就问了。人家美方特客气，开始收拾东西，说感谢你们邀请我们到中国来，我们很高兴有这个机会 blahblah。我们老总一看也明白了，跟我说，你问问他

250万干不干？"

董小姐乐得不行，眼角瞥到卷毛儿，他眼里闪着光，温柔地注视着她。董小姐突然觉得被一个人"懂得"的重要性。这一切这么逗，如果不能分享，实在不过瘾。也就是这时候，董小姐忽然觉得，这个力争说评书的教书匠真的比什么航什么姆顺眼一些。

"你这好歹还愿意给钱。我是做风投的，最近有个线上外教教外语的公司找到我们拉投资。我后来打听了一下，他们在加拿大注册的是一个公益组织，到处招募人通过视频电话免费给所谓不发达国家的孩童上英文课。结果，在中国跟家长收每月一两万的课时费。"一个身材健硕、穿着灰色polo衫的男士说，"那公司还要求上课的小学生都穿统一服装，就差把教室搞成绿屏灾区了。"

"这个，我不喜欢你们老是这么多抱怨。"同一桌一个看起来四十多岁的发福男子表示，"我这次回国最大的感慨是国内的年轻人生活真的特别努力。我昨天赶时间坐地铁，就有一个小姑娘跟我要微信号，让我关注她。在地铁上一个人一个人地要，大家都不给她，她还一个一个要。多勤奋！"

他还没念叨完。

"你被骗了！你关注她，以后都取消不了，天天给你发推送，删都删不掉。"主持人赶紧上来说，"我刚回来也犯过傻。唉。国内各种技术更新快，骗术也都花样翻新的。"

"啊？是吗？幸亏我没加。"发福男子有些庆幸，"我微信在我中国手机上，刚好我拿的是美国手机出门！真是躲过一劫！"

"对了，在介绍新成员之前，我们老成员先来投票选一下最近一期公众号文章的题目好不好？"主持人突然想起还有未完成的议事日程。

董小姐还没问，卷毛儿就开始解释："我们这个公众号专门发布假新闻。最近研究表明，'大龄剩女更容易获得更高薪酬、更长寿，也更幸福''专家认为催婚会导致猝死''美国科学家研究证明，从事繁重的家务劳动可以大幅度降低男性的死亡率和癌症风险'……"

董小姐频频点头，表示已经明白这个公众号的用意了。

"所以，这周网文的三个选项是：'特朗普的外孙女是海归吗''60岁事业起步不晚，80岁才到巅峰的不在少数——美国精英赏析''热插拔USB会起火，防患于未然的法则'。"

董小姐突然举手说："那个，我加一个行吗？'最新消息：海关查微信，现在托朋友海淘也会上黑名单，扣税加倍'。"

大家哈哈大笑，还有人给她鼓掌。

主持人笑着说："哈哈，后生可畏啊，还是年轻人脑子活。那你介绍一下自己吧。"

"我叫董晓萌，回国两周。其实，我这次回来最不适应的，就是我不太能理解隐婚的概念。"

"MBA：married but available.（结婚了但仍可期。）这个概念不是一直都在么？说法不同而已。"不知道谁在下面说了一句。

"谁隐婚啊？"回家的路上，卷毛儿突然问董小姐。

"一个朋友。"董小姐不想多说。

"这是'我的朋友就是我'系列吗？"卷毛儿半开玩笑地说，"我以'绿帽哥'的个人经验跟你分享一下吧。不管你是被隐藏的正室，还是被隐藏的情人，或者你是实施隐藏的那个人，藏起来的感觉都不会好的。隐藏只是拖延时间，早晚还是得面对选择。"

"都说了是一个朋友。"董小姐急于转移话题，"你看过《星球大战》吗？《星球大战》里面的绝地武士有一种能力叫 brain control（控制大脑），就是他们能让你想什么你就想什么。"

卷毛儿点点头替董小姐说完："尤其是对意志薄弱的人，越 weak（弱）的人越容易被 control（控制）。"

董小姐叹了口气："有的时候你喜欢一个人，你的脑子就不是自己的了，你就被人家控制了。你也不关心自己饿不饿、渴不渴，你的脑子只能想人家想的事情、人家怎么看自己这样的问题。"

卷毛儿也叹了一口气，算是对董小姐的同情和理解："所以你得强身健体，你不能让自己 weak 了，等着人家来 control 你！"

"都跟你说了，不是我！"董小姐把头盔一扔，匆匆上楼回家了。

第十五天

5 月 25 日

（北京）

星期三

晴

25℃

北京早高峰,一路拥堵。董小姐身在10号线倒1号线的换乘站,看见一眼望不到边的人群,激动得拍照留念。姚大夫在微信上笑话她。董小姐指出人群中其他伸出来的擎着相机的手说:"不止我一个'土鳖'好吗?没见过大世面的人这么多,不丢你人呀!"

姚大夫巡查医院刚好到建外SOHO附近,和董小姐约着一起吃午饭。在餐厅等位的时候,董小姐手贱翻开一本时尚杂志,上面居然有"十大80后科技新贵颜值大赏"。

"哇噻,这么八卦!你说现在这媒体是有多低俗,富豪比资产不够,还要比颜值!不过也算男女平等啦!"姚大夫嘴上批判,但是整个脸都凑过来,跟董小姐一起翻看杂志。

这几年的科技新贵年龄越来越小,身家的亿数比岁数大。然后她们就翻到了第六位,魔力手游CEO——郑玄,身高180厘米,体重78千克,身价47亿。颜值虽然高,但是因为排名要跟自己的身价平均,还有好几个过几百亿的"国民老公",Sin就自然排到了第六名。

"哇,47亿!知识分子讲究一个著作等身,现在Sin可以叫'铸币'等身。"姚大夫一阵赞叹。

董小姐对着照片上西服笔挺的 Sin，心头油然生出止不住的喜爱。"你是不是觉得我特没羞没臊？我这样算不算傍大款了？"

"唉，越过道德的边境，我们走过爱的禁区。"姚大夫轻轻地哼着《广岛之恋》的旋律。

"不许唱！你们师生恋都能修成正果了。谁埋怨我，你也不能不站在我这边！"董小姐抗议。

当初张老师跟姚大夫玩地下情，最不同意的自然是姚大夫的父母。姚大夫是医药世家出身，怎么能受得了一个医学部教近现代史的文艺青年来当女婿。姚妈妈就拿着师生恋来威胁姚大夫，要搞臭张老师的名声、毁了他的前程。姚大夫自然有办法阳奉阴违。这里面董小姐贡献最大，随时随地出现救场，一直到姚大夫八年医科毕业和家里摊牌。

"我这还不都是为了你！婚礼上你们都成双成对的！你就上我拿他撑撑门面，OK？"董小姐开始撒娇。

"这城里这么多人呢，你找谁不行，非要找他？"姚大夫有点儿着急，声音引来周围好奇的目光。

"多吗？"董小姐忽然冷静了下来。如果 Sin 和她只是逢场作戏又有什么关系呢？她要的是一个完美的肉体陪她去参加一场完美的婚礼。

"你看看周围，咱们吃的云南菜，也不算甜点一类有性别偏好的饭馆吧？现在吃饭的这八桌，总共 25 个人，有三个男的，一个年龄可以当咱爸了，还有一个估计还不识字呢，剩下这个跟一群女生吃饭。你看他这穿着、看人这眼神，目测应该跟咱们喜欢的是同一性别的人类，我还真不一定争得过他。所以，你真的觉得我在北京找个'高帅富'的机会很大吗？"

"不是还有那个'绿帽哥'吗？"姚大夫突然觉得自己跟"阿玛"①一样，爱给人家乱点鸳鸯谱。

"卷毛儿啊，他比咱们小那么多，还……"董小姐想说还离过婚。不过比起 Sin 隐婚，好像离过婚也不是什么好论据。"他就是第一次见我，就以为我是单亲妈妈，所以有点儿古道热肠的劲头。而且他都是搞什么暧昧啊那种，我最烦搞暧昧了。喜欢就喜欢，你看 Sin 表现得多明显。"

"可 Sin 不是不愿意去嘛。一个人怎么就不能去了？"姚大夫有点儿理屈词穷，又或者是想说的话不知道怎么说出来才不会伤害她久违的知己。

"一个人可以去，当然可以。" 董小姐一边咀嚼着汽锅鸡，一边想象着自己在姚大夫亲朋好友的注视下，在大表姐的白眼中，在刘航的怜悯中，在那个网红芭比堂妹的直播中……可能路都走不动了。

"我只是不想在你的婚礼上自怨自艾。我从小就想着，在你的婚礼上，我一定要全心全意陪伴着你，做最给力的伴娘。最给力的伴娘不能是一个男朋友缺席的 feeling sorry for herself 的 loser!（为自己难过的失意者！）你别为我担心，他保证能去，老同学嘛。"

董小姐饭没怎么吃，姚大夫的话也没听进去，神情恍惚地到了留学中介。办公室里全是准备申请到美国读本科的高中生和家长，每个人都神情坚毅，充满希望。

"我说我们家孩子就是要上常春藤学校，花多少钱都没问题啊！"孩子家长展示着五颜六色的信用卡。

---

① 清宫剧"皇帝"的代称。

"是，我明白。但是，您要先看适不适合他。您看他除了这个 SAT 成绩，以他的课外活动和社会实践经历，可能在排名前50 的学校里相对选择更多一些。"

"什么前 50？前 5 还差不多！你是哪个学校毕业的？你是不是自己申请不上，就觉得我们家孩子也不行啊？"

"我确实没上常春藤，但是我有两个常春藤的录取通知。文科拿奖学金确实不太容易，而且公立学校的排名也挺不错的。"

"我就说嘛，你就不行。叫你们领导来，我们孩子要最好的！"

李强进来先鞠躬道歉，把董小姐叫了出去，然后把蓝眼睛"90后"请佛一样请进去。没一会儿，学生和家长就被蓝眼睛千恩万谢地送走了。李强拉着董小姐到蓝眼睛的会客室来学习。

"其实常春藤的要求告诉他就行了：花多少钱才能给学校捐一栋楼，曾曾祖父母上的什么学校，祖父母是谁的校友，在英美或者任何其他欧洲国家有什么样的家族特权，家里和多少美国参议员可以称兄道弟。这游戏规则他都懂呀。萌萌姐，咱们中国的土豪家长是很讲道理的，你跟他讲有钱上不了常春藤，are you kidding me？（你在开我玩笑吗？）美国有钱人明明上得，他儿子怎么上不得？你得告诉他，他给的钱还不够，他才能服气。"蓝眼睛很推心置腹地传授自己的业务心得，"有钱人最明白钱的价值了。"

"这样咱们才能赚钱！"李强马上又填上一句，"萌萌，我看你还是主要负责编辑文书，接待方面你就不用操心了啊！"

董小姐费劲地挤出一个笑容。

董小姐灰心丧气地准备下班，却被 Sin 出其不意地堵在了门口。

"走，我带你看李宗盛去！"Sin 拉着她的手。

董小姐演唱会从来没坐过前排。有一次李宗盛在 P 大的广场上做节目，刘航和自己宿舍的哥们爬上书报亭，再把董小姐、大表姐和姚大夫都拉了上去。李宗盛忽然指着他们说："同学们下来吧，太危险了。" 董小姐当时高兴得不得了，还使劲儿蹦跶着跟他招手。

那么多年过去了，李宗盛又出了新歌，大家一起扯着嗓子合唱《山丘》。

董小姐很想知道为什么 Sin 不跟自己老婆来听演唱会。她还想知道，当 Sin 听到《山丘》时会不会也像她一样泪眼蒙胧。她最想知道的是，Sin 出差到一半跑回来带她看李宗盛演唱会，到底算不算对她真心？

但是 Sin 一整个演唱会都在打电话和发短信，几乎没有停过，烟抽得更凶了。

董小姐趁他在外面打电话，把他刚买的整包烟倒空了，就剩下最后两根，被她巧妙地留在开口的部位。

"我发誓我今天刚开了一包新的，怎么瞬间就剩两根了？"演唱会结束，Sin 一边抖落烟盒，一边揽着董小姐往停车场走。

董小姐笑而不语。

"是不是你？" Sin 眉毛挑高，把董小姐搂得更紧了。

"啊？" 董小姐半推半就，"什么呀？你没烟就少抽点儿，别老赖社会！"

"你这招我妈以前老用。" Sin 突然严肃地转过头，双手捧着董小姐的脸，"你要永远这么对我好，懂吗？你只要绞尽脑汁地爱我，想要什么我都给你！"

董小姐还没来得及反应，已经被他铺天盖地吻住。她悬空的双手慢慢环住了这个霸道的男人。

吻完，Sin拉着她继续往前走。董小姐像个耍赖的孩子一样，噘着嘴说："真不是我，万一又是你妈呢？"

Sin一把把董小姐拉进怀抱，刚才的拥吻动作再次重复。

"不是吗？"Sin问完再吻她，

"肯定不是你吗？"继续吻。

"你怎么不说话了？"吻得董小姐说不了话。

"还不是吗？"吻得好像一个甜蜜的惩罚。

"啊，也许真的是我妈？"Sin霸道又贫嘴。

董小姐感觉自己的安多芬分泌太多，整个人都要飘起来了。她羞怯难当，迅速跳上Sin的新特斯拉。

还没等Sin上车，他的车载电话已经在接听了。送董小姐回家的路上，Sin一直都在谈生意。车载智能系统是林志玲的声音，温柔地问他是不是要拨通"金灿基金"叶总的手机，他说是。"林志玲"再次体贴地说："现在为您接通'金灿基金'叶总。"

董小姐在副驾驶上百无聊赖地给姚大夫发李宗盛演唱会的照片。姚大夫说："你又跟'亿数比岁数大'的有钱人一起看的吧？"

到了董小姐家，Sin的生意还没有谈完。看着Sin跟叶总谈生意时眉头紧锁的侧脸，董小姐用手轻轻地按平他的眉头。他拉住她的手，轻轻地在手心亲了一下。

"咱们还是得见面说啊，叶总。"Sin的眉头又皱了起来。

董小姐很识趣地自己下车回家，心里好想问："你有'林志玲'帮你导航，谁帮我导航呢？"

进了家门，董小姐发现姚大夫的衣服书包撒了一地，人居然已经在董小姐床上睡着了。

"当大夫实在是太累了，幸亏你晕血。"田会计悄声跟董小姐说，"我让她洗了澡先睡会儿。"

姚大夫父母上高中的时候才离异，经常因为家里吵得鸡飞狗跳，她就跑来董家避难。董小姐洗完脸，跟张老师发了微信报了平安，张老师说："可算逮到你回国了，这下让她吵架有地方躲了，就让她在你那儿睡吧。"

姚大夫翻身搂住董小姐说："《山丘》好听吗？"

"还行。"董小姐简答，又问，"吵架了？"

姚大夫把头埋进董小姐怀里："嗯。"

"你想说么？还是我明天直接揍他一顿？"董小姐轻轻拍着姚大夫。

"揍一顿。"姚大夫乐了。

"揍哪儿啊？教导主任汪老师那种吗？"董小姐示意自己用脚飞踹张老师裆部的样子。

"你怎么那么'污'啊？"姚大夫总算从空调被子里翻出来，抗议道，"不过踹狠点儿，倒是能替我解决问题。"

"为什么吵架啊？"董小姐耐心地问。

"一言以蔽之，就是他想要孩子，我还没准备好。"董小姐明白，姚大夫这是缩略版的陈述。这些年她们山水之隔，姚大夫已经习惯了把自己的问题"一言以蔽之"——我妈太啰唆，我爸想二婚我不答应，张老师职称没评上……其实这世界上有多少问题是可以一言以蔽之的呢？

第十六天

5 月 26 日

（北京）

星期四

雾霾

21℃

"那刘航把评论删了就再没跟你联系过？"姚大夫在地铁站等来了董小姐，小声问她。

晚上，她集合所有伴娘团的人马去看婚礼场地，四个东西城的四合院会所，都离得不远。

"啊？我都给忘了！"董小姐故作镇定，挽着姚大夫的手说，"你是担心，我因为Cos当不成，就把魔爪再伸向你表姐夫吧！哈哈哈……我跟你说，这老婆处于孕期的男人最容易出轨了。我现在插足一个也是插，插俩也是插。你说是不是？"

"你别闹啊！他们都有孩子了，董晓萌！"姚大夫突如其来的义正严辞让董小姐有点儿措手不及。姚大夫可是天塌下来也不叫她大名的。

"真没劲，I'm kidding（开玩笑）啦！这叫sarcasm（自黑），小鱼同志！"董小姐忽然有些低落。自己随口的讽刺现在都要跟姚大夫加注脚了，当时是谁说的"牛×的人生不需要解释。只跟自己亲人解释"？当时董小姐就跟姚大夫说："如果亲人需要解释，还能叫亲人吗？"

到了第一个会所，在一个公园里面。朱主任还没来，姚大夫带着网红妹先去买饮料，剩下董小姐和大表姐负责等朱主任。

"你弄这么贵的地方，姚大夫他们承担得了吗？"董小姐问。

"所以才要大家来杀价呀。"大表姐非常不经意地跟董小姐说："萌萌，我来给你做个心理测试。你用男他、女她、我、爱，四个字造句。"

董小姐不知道她葫芦里卖的什么药，慢吞吞地说："男他爱我，还是女她？"

"不对，就三个代词我、他、她，一个动词爱，不能有'还是'什么的！"

董小姐还在莫名其妙之中，大表姐突然宣布，"答案是：男他爱女她！"

"那'我'呢？"董小姐条件反射地问道。

"没你什么事儿啊！"大表姐露出了得意的笑容。

董小姐完全被噎住，久久说不出话来。朱主任来了也感到气氛不对。

"大表姐尽挑高大上的地方，我就说要个小四合院就好了，她一挑就皇家御膳。"这时，姚大夫和网红妹有说有笑地抱着棉花糖和可乐走过来。

董小姐黑着脸从售票处往外冲，打翻可乐杯，冲姚大夫大吼："你就那么向着她啊！我再过几天就滚回美国了，你们也等不及啊！"

姚大夫一会儿想拉住董小姐，一下又看着大表姐也是一脸肃杀，对刚才的口水大战一无所知。

地铁里总是在循环播放一个视频：一个老妇人总是到地铁站台来等人，细心的地铁志愿者发现老人得了阿尔兹海默病，于是发动社交媒体替她找儿子。她"不孝"的儿子在美国看到网上报道才知道妈妈病了，这才找了回来。董小姐每次看都心里痛痛的。所以，我们这些"美漂"在大家眼里是多么"白眼狼"呀！我们的父母在大家眼里是有多可怜啊！

董小姐回家，田会计和老董在看电视。人物访谈里一个年轻漂亮的女性正在介绍自己回国创业的经历，这个女孩看起来比董小姐年龄还小不少。董小姐走过客厅，只听她说："美国很多行业都饱和了，现在中国才是最能发挥我们创造才能的地方。"

董小姐心中好不服气："你一个工科生当然这么说，你有硬技术，还有关系。"

田会计还一个劲起哄："萌萌你怎么走了？你看看人家，怎么人家就觉得回国就业前景更好呢？"

董小姐说："那能一样吗？我学文的！"

"学文的怎么了，姚大夫那个表姐不也是学文的么？"田会计半开玩笑地说。董小姐当然知道她是挑衅。大表姐跟刘航结婚的事，田会计也是一百个看不顺眼，这会儿说风凉话也是刺激一下她奋发图强吧。

"wuli 傻姑娘马上要学会计了。你妈在这行摸爬滚打这么多年，最重要的是细心。你看虽然这么多书，但是没有一个能教会你负责任，这你得自己练才行。"田会计不知从哪翻出了几本会计专业书籍。

董小姐若有所思。Sin 发了微信："我想你了。"

可能是董小姐的笑出卖了她。田会计问："怎么了？郑玄来的？怎么这几天不见他来找你啊？现在到什么程度了？你们都这么大年纪了。你们要是定了，我看你也不用再念什么书了。女孩子家家的已经有硕士学位了，成了家，在北京好好过，我们还可以给你们帮衬些。"田会计的问题好像连发的子弹，把董小姐浑身打成筛子眼儿。

Sin 隐婚的事家里还不知道，知道了也绝不能容她。董小姐赶紧找补："哎呀，就是好久不见的老同学跟我瞎逗的，没什么诚意。你不是教育我万事不求人、未来靠自己吗？"

田会计说："那倒是没错。我可见不得你失恋委屈的劲头，我这含辛茹苦养的闺女让他们随便撕心裂肺的，我不答应。"

董小姐想起刘航来替她看护爸妈那次之后，曾经跟她说："你妈真记仇。我刚把他们办出院，她劈头盖脸就问我当初为什么分手。我说我小，不懂事呗。你妈还气鼓鼓的。"

董小姐在想，自己真是一头名副其实的白眼狼。

午夜之前，姚大夫发了短信，提醒董小姐约的拔牙一定要早去，对董小姐刚才发飙的事情只字不提。董小姐明白姚大夫之前的质问和大表姐那个文字游戏应该没有因果关系，八成是孕期荷尔蒙紊乱逼出的邪火。董小姐依旧看不上这个女人的戾气，但是那毕竟是姚大夫的表姐。董小姐知道姚大夫也懂，要解释就不是亲人了。

"选好地方了吗？"董小姐临睡前在微信里问。

"没有，都太贵了。"姚大夫又一言以蔽之，没有继续说。

第十七天

5 月 27 日

（北京）

星期五

大风

19℃

上班一周不到就请假，实在是出乎董小姐的意料。

一早起来去拔智齿，董小姐以为吃午饭的时候一准儿完事呢。结果姚大夫在急诊，只好由朱主任领着挂号。还没出发，董东发微信非要跟董小姐聊聊，就一道在医院会合了。

"美国牙医诊费超贵的，看牙、做头发、娶老婆这些事都要留着在中国做，买车、买房、生孩子这些都可以在美国干。" 董小姐跟着朱主任排队，托着腮帮子向董东传授人生哲理。

"现在我们也不敢插队啦，人家病人回头录像后给你传上网，我们也不好办。最近医患关系你也知道，我们也是冒着生命危险在工作。"朱主任一副抱歉的神情看着等得有点儿不耐烦的董家人，说，"当初看《急诊室的故事》才想学医的，满满的革命浪漫主义。其实现在干点儿什么不能月薪两万啊。我们学了 8 年医科，每天看几十号病人，饭饭顾不上吃，水水不敢喝，还得态度好，还得防着被乱刀砍死。你说是不是疯了？"

董东似乎也被怨气感染了，情绪有些低落："姑姑，我的女朋友跟一个煤老板好了，人也不寒碜，就是岁数比你都大一轮。"

"啊？你什么意思？派你姑姑去？"八卦的朱主任笑逐颜开，看热闹不嫌事大。

"切，就她？她演得了《甄嬛传》吗？" 董东对朱主任的提议不以为然。

"啊？我一个念人类学的，我都能去申请学会计，谁比我更能屈能伸？" 董小姐对宫心计之流不屑一顾。

"那你会劈叉么？" 董东哭笑不得地问。董小姐在医院走廊里练了练，确实劈不下去。

"姑，我信奉达尔文主义。你说像咱老董家这重情义的基因，估计慢慢就要被社会自然淘汰了。你看你，这么大岁数嫁不出去，以后社会上生活的都是滥情的种儿，对物质要求高、对情感诉求低的，你说你对得起用鲜血染红国旗的革命先烈么？"

董小姐觉得不服："谁说我对物质要求不高？我也愿意坐在宝马里哭！你先勇敢地制造财富，再勇敢地传播你的基因行吗？你怎么不去死？！"

"姑，我是真……心的。" 董东话没说完就哽咽了，清秀的小脸儿挂着一脸惨败，委屈地说，"你说她着什么急？您这把岁数还有机会坐凯宴呢！"

董小姐真心为他伤心："都会好的。要是没好，是时候未到。"

"509 号董晓萌！" 诊室外面电子指示牌机械地叫着病人的名字。董小姐战战兢兢地走了进去。

牙医连电钻都没上，用巨型的钳子非常顺利地拔出了一整颗智齿。董小姐还谈笑风生地说："这么完整，能给我留着吗？我钻个眼儿当项链戴。"

董小姐拿了药和装在小瓶子里的智齿，冲董东挥挥手，示意可以走了。

"姑，你知道吗？我那只迷你猪果然是家猪，'绿帽哥'没

145

说错，一个礼拜已经长了30斤。你说是不是人善被人欺，连猪都骗人？"董东走上前悠悠地抱怨。

董小姐乐疯了："那你怎么办啊？你那小宿舍住得下吗？"

"住得下我室友也不干啊！姑，你说怎么这么烦啊？"董东抓头。

"缺心眼儿果真是咱们老董家代代相传的品质。"董小姐拉了伤口，笑着张开血盆大口，董东吓了一跳。董小姐抹嘴一看，全是血，当时就晕了过去。董小姐晕血是老毛病，姚大夫这么多年也没把她培养出来。

休克中的董小姐听见董东和朱主任慌乱地叫人，把她抬到附近的病床上，慌乱地给她打点滴。她想说自己没事儿，休息一下就好了。可是她怎么也说不出，眼前都是闪烁的星星，耳鸣一直没停。

当初董小姐就是因为晕血认识的刘航。大学入学，新生都要体检，队伍围着校医院转了一圈。董小姐忐忑不安，刘航就站在她身后，看她小脸煞白、哆里哆嗦，就问她："同学，你没事儿吧？"

董小姐苦笑着说："我没事儿，有点儿紧张，我晕血。但是又不是每次都晕，也不知道这次会怎么样。"

刘航那时候可真帅。肩膀宽宽的，单眼皮、大眼睛，有点儿像黄轩，说话还有点儿东北口音。"没事儿，有我瞅着呢，你到时候就盯着我，别看别处。"

董小姐让他逗笑了，红着脸说："应该没事儿的。"

真到抽血的时候，董小姐反复强调说自己晕血，校医院的大夫一副不以为然的样子："都这么大人了，见不得血你例假每个月怎么活下来的？将来怎么生孩子啊？"

董小姐给呛得哑口无言。自己晕血是心理状况，所以例假这种意料之中的状况并不会让她晕厥。董小姐为了保险起见还是要了把椅子，坐下来抽血。刘航在她身后一个劲儿地叫她、做鬼脸，傻头傻脑地假装摔倒，还倒立给她看。

"男朋友鬼点子挺多啊！抽完了，你走吧！"大夫把针眼儿贴上，轻拍了一下董小姐。董小姐才回过头，发现血抽完了。她特别感激刘航，冲他笑笑，手里的体检表被他抢了去。

"人类学系董晓萌！"刘航看着认真念完，然后把胳膊递绐校医院的大夫，右手一直甩着，示意董小姐快走，不要看到血，并大声喊道，"我是电子计算机系的刘航。"

董小姐醒来的时候，卷毛儿正在座位边上玩手机，看董小姐醒了，他目光闪闪的，她心头一紧。

"董东呢？"董小姐肿着一嘴棉花呼噜地问着。

"回家喂猪了。"卷毛儿没事儿人一样。

"这么说你都能听懂？"董小姐觉得不可思议。

"这有什么，猜也能猜到。"卷毛儿得意地说。

"瓴（Cèi）丁（Dīng）壳（Ké）"董小姐用北京话专业八级的猜拳口语试探。

"瓴（Cèi）丁（Dīng）壳（Ké）你个疯子！"卷毛儿为董小姐的无厘头笑出了声。

"几点了？"董小姐看着外面的夕阳，忽然觉得大事不妙，"我没请假！"

她龇牙咧嘴地发了一封邮件给坦途留学服务中心。

卷毛儿胡撸着董小姐的头："哎哟，还知道请假呢！"

姚大夫查房回来，朱主任给董小姐拿了药。两个白大褂送卷毛儿和董小姐上出租车的时候，Sin 和他的凯宴到了。这时候董小姐收到董东的短信："姑，我回家喂猪先走了，给你家'绿帽哥'和大凯宴分别打了电话，狭路相逢勇者胜！别客气！"

Sin 和姚大夫、朱主任寒暄了两句，直接忽略卷毛儿，拉上董小姐就上车。卷毛儿脸色一下沉了下来，挽着董小姐的手也松开了。董小姐含含混混地说着什么，他也没兴趣听了。

坐上出租车，卷毛儿看董小姐跟 Sin 拉拉扯扯地上车，的哥打趣说："呀，大凯宴来接了。兄弟，咱回家洗洗睡吧，这姐儿估计悬了。"

剩下姚大夫问朱主任："这是演的哪出啊？"

朱大夫说："没看出来吗？优酷巨制《万万没想到》啊！"

"萌萌，'绿帽哥'为什么也在啊？" Sin 点了烟，车上的气氛有点儿紧张。董小姐突然觉得这烟味儿、这人的味道都有点儿刺鼻。

"不是我叫的，董东叫的。" 董小姐含着棉花吃力地说。

"什么？我听不懂。" Sin 不耐烦地喷了一车的烟，"萌萌，我想我们之间是可以坦诚相待的。我们之前有什么误会呢？你有必要找'备胎'吗？"

"我没有。" 董小姐试图把舌头捋直。

"我明白现在女孩的小心思，但是我真是不能欣赏。" Sin 听不进董小姐说的半句话，继续宣讲，"是，我现在没法给你名分，但是我骗过你吗？你这样背后搞小动作，让我怀疑你的真心。"

Sin 的话越说越大声，车也越开越快，董小姐有点儿不自禁地害怕起来，手紧紧地抓着车窗上的扶手。人害怕的时候反而机智了起来，董小姐觉得这句"我骗过你吗"如鲠在喉，心里骂道："你连结了婚这么大的事都没提，还谈什么真心。你有心吗你！"

董小姐发了一条短信给 Sin，被他车载电脑直接读出来。就听"林志玲"娇嗲地说："我要下车。"

Sin 被"林志玲"喊得有点儿酥麻，眼神柔和了一些，看了一眼董小姐说："你是想让我吃醋吗？那你就大错特错了。我现在不仅不嫉妒，还非常愤怒！你故意要伤我的心。"

董小姐气愤地摇摇头："我没有！"

Sin 继续说："萌萌，我真的不喜欢你这样！你要把你的感情弄清楚，该放下的要放下。大家都是成年人，你我都知道他想要的是什么！你以后不许再见他了！"

董小姐突然觉得从拔个智齿到现在要跟卷毛儿绝交，这事态推进得也太紧凑了。又发了短信给 Sin，这次有点儿长，"林志玲"念得有点儿吃力："凭什么？难道我现在连交朋友的权利都没有了？你是我什么人？"

"董晓萌！我没想到你也是这种朝三暮四的女孩。""林志玲"的语气显然和董小姐愤怒的心情南辕北辙了。Sin 以为董小姐在撒娇，明显消了气。

"让我下车！" 董小姐忍着疼大喊。就算走回家，也不能再跟这个人多待一秒。

Sin 一个急刹停下车。董小姐冲出车门往前走，他还穷追不舍，一边开了车窗，一边冲她喊话："董晓萌，你这样的女孩我见多了！我微信上有一个组都是你这种 '眼高手低的大龄文艺女青年'，我正好玩腻了可以再换个网红！"

董小姐捂着耳朵跑开。大凯宴也抛下一股尾气，颐指气使地消失在夜色中。

董小姐开了一辆路边的共享单车往地铁站骑。

旁边一直有另外一辆跟她齐头并进，每次董小姐觉得自己要甩掉它了，它又奋力追上。总算到了金台夕照站，那辆自行车才一起停下来。

"我就说是你嘛。脸怎么肿成这样了？"姗姗把车随便一放，也没锁。

"哎哟，我还以为谁呢。"董小姐如释重负，口舌还是不灵敏。

两人一起挤上地铁。原来姗姗租的房子跟董小姐家是一站，怪不得上次能在餐馆里巧遇。

"你不是还回美国呢吗？瞎找什么临时工啊？"姗姗问。

"缺钱！"董小姐碍于肿着的嘴，只好言简意赅回复。但她本来想说，这回回来一趟开销不少，自己出去念书又是一笔开销。爸妈这几年好不容易有心出国游了，她坐在家里，一看见他们看旅游节目，心里就特别愧疚。

"我跟你说，钱都是小事，都是无形的压力难以适应，比什么霾啊还严重。对了，有那个'逆向文化休克精神互助小组'（reverse cultural shock support group），你不是去过吗？"姗姗突然话锋一转，"哎，司徒是不是追你啦？"

董小姐猛地摇头，琢磨今天还要跟多少人解释自己和卷毛儿只是普通朋友。

"他可是说他是你留学博客的粉丝来着。"姗姗看董小姐死不承认的样子，继续八卦，"对了，你美国那男朋友不是掰了吗？

你回来一个月，找工作玩票也就算了，捎带手还找个 ons（一夜情），你这就不厚道了吧？你还让我们过不过了？"

董小姐说不出话来，只好把苦大仇深写在脸上："我闺密的婚礼还有两周，我恨不得到街上拉壮丁去。"

"就这事啊？钱能解决的都不叫事儿。"姗姗在拥挤的地铁车厢里得意地打开 Ipad 里她们公司的 APP，"我们公司有老外租赁业务呀！本来是面向各大企业找不到老外站台，或者各种会展不够 international（国际化），所以专门租赁特型演员去撑场面的后来发现在婚庆业也有很大市场呢。'白骨精'们可舍得花钱租外国男朋友了，一来国际友人多拉风，你男朋友再帅，能帅得过老外吗？二来国际友人肯定不用会中文呀，身世家产还不都随你信口胡说。而且就婚礼一顿饭，谁也没法儿追究你的法律责任。你要不要来一个？"

董小姐脑洞大开，拼命地在 Ipad 上找租赁老外的照片看："就这么几个，你们也不怕穿了帮啊？"

周围的地铁乘客也都好奇地纷纷向这边偷瞄，有一个干脆给姗姗让座，让她坐下好给大家展示。

"中国人本来对老外就脸盲，换身衣服、换个造型，谁认识谁啊？你就非说不是他，能怎么样？还要查护照么？名片还不是随便瞎印，想叫啥就叫啥，给你来个乔治·卢卡斯怎么样？"

"这多少钱啊？"旁边一个背着仿款 chloe 的女孩显然动心了，忍不住小声问。

"1000 块一小时，当然，颜值高的还要加钱。"姗姗嘴皮子快，天生当销售的料。"不瞒你说，我自己也用过这一招，婚礼一个人去实在太烦人了，哪儿有需求哪儿就有供应！我给你亲友价，不赚你钱，800 块这个，怎么样？"姗姗手指着一个谢顶的白人老头儿，照片上撅着嘴，笑得非常像现任美国总统。

"这个看着六十好几了吧？"刚才让座的那个年轻人也忍不住插话。董小姐无法想象带着这么一位面对刘航和大表姐的样子，他们一定笑掉大牙。

"哎呀，你不用找高颜值的，花那冤枉钱干什么呢？老外嘛，在中国人眼里还不都是一样的？而且越难看你越可以吹他有钱啊。这老头儿给好多什么男性专科医院当过'专家'，你说他是医院院长也没人敢不信啊！"

说到这里，周围的看官们都被姗姗逗笑了。

"能提前见个面吗？"董小姐开始盘算这个方案的可行性。

"都是按小时计费的，你让他穿成哪个层次的人还得另外加置装费。你懂吧？钱能解决的都是小事儿。"

"你这资料库怎么这么小？"那个女孩已经高声询问了。

董小姐也在拼命点头。

"当然小了，一般模特公司都没有外聘资质，现在在中国赚钱的外国人都得有工作签证。你知道外籍演员的工作签证多难申？快赶上你在美国申请绿卡了。现在你知道为什么电视上演外国人的演技都那么差了吧？都是大学生或者游客来客串的，好多还不是英语国家来的，半年不到就得走人。你愿意，人家还不一定成呢。这个秃头'总统'我还得看看他的 schedule（日程安排）呢。"

"我能加你一个微信吗？"那个女孩还没等董小姐发话就要先下手为强。她们扫了二维码以后，董小姐才囤囤着说："那你也帮我定一个吧，6 月 11 日，中午给我两个小时，我给你当翻译，你从我的工资里扣？"

上楼回家，董小姐才发现电梯里那个专科医院的广告不是别人，正是那个秃头"总统"。一身白大褂，嘬嘴一笑，大拇指高高翘起。董小姐盯着那张照片浑身不自在，打了个冷战，整个电梯里的人都为她怪异的举动感到莫名其妙。

第十八天

5 月 28 日

（北京）

星期六

大风转晴

37℃

因为机票买得晚，董小姐比伴娘团提前两小时到普吉岛。为了在机场碰头，大家制订了 ABCD 四个计划。

姚大夫一下飞机，没有看到应该按照 A 计划在接机口等着的董小姐，当场就疯了，各种埋怨大表姐没有安排好，怕她把董小姐丢了。

"伊在美国都待了那么多久，侬还怕伊在泰国丢了呀！"大表姐对埋怨相当不满，但是她也十分心虚，其实就是大表姐把航班号跟董小姐说错了。

董小姐下了飞机才发现自己的航班晚点了一小时，看了大表姐给的航班号，人家又说今天没有这个航班，又没能按 D 计划找到卖电话卡的地方。另外，姚大夫给董小姐的宾馆名称和有泰文地址的名片让她忘在家里的 LV 包里了。

"你带什么 LV 啊！你再有钱，你比得过她大表姐吗？到时候再让人给抢了！"田会计 10 个小时前看着董小姐收拾行李的时候说。这下可好，想自己先去宾馆的 C 计划也泡汤了。

董小姐在机场二楼来回跑了五六圈儿之后，决定就按照 B 计划在 4 号门死等，估计就算姚大夫到了宾馆也会回来找她的。

姚大夫一行终于排过了长长的签证队伍，根据 B 计划在 4 号门看到了苦苦等候的董小姐，激动得就像久别重逢一样。姚大夫和董小姐居然流了眼泪，大表姐也多少有些愧疚。

泰国四日三夜脱单派对总算在下午 2 点正式拉开帷幕。姚大夫、董小姐、大表姐、朱主任和姚大夫的小姑子网红妹每人都在上了酒店安排的保姆车时收到了"麦兜水清沙幼抱枕"。网红妹一路上都在跟董小姐炫耀大表姐给她们一行升舱的事迹。坐着高大上的头等舱，网红妹自然不乏自拍分享给董小姐。

一行人来到大表姐准备的海滨酒店后，再次惊呆了：每个人都有一个单间且都朝海。但是因为董小姐最后才成行，她的房间是冲着泳池的。姚大夫坚持让董小姐和她合住，董小姐得意地看着大表姐弄巧成拙的沮丧脸。

入住后，伴娘团在姚大夫的大套房里集合，准备出发。

网红妹上下打量了每个人说："你们不会这样就出去了吧？萌萌姐你这从美国来的，也不懂 body contouring（纤体塑形）么？咱们这 beach body（沙滩体；超性感身材）怎么来的？"

董小姐一众都不明就里："不是角度吗？"

"角度是很重要，但是光影更重要！"网红妹迅速从化妆包里掏精装暗器一样，一字排开她的 20 根毛笔和 50 种色度的粉底，"今天，我们来讲性感腹肌的画法！"

网红妹直播模式打开。只见她挥舞着扇面一样夹在五指之间的毛刷，忽闪着假睫毛开始上课。

姑娘们挥汗如雨地在彼此的胸口、肚子上一笔笔地描画着美好的乳沟和腹肌，五个人站成集体素描课的队形，在网红妹的带领下做着对光影的探索。

董小姐画着画着发现自己画多了一排腹肌，数了数自己已经有 10 块腹肌，差点画出 6 排来。

姚大夫也画得非常带劲儿，但是明显一边大一边小，大表姐很积极地来帮忙。董小姐不甘示弱，两人各站一边。在网红妹的自拍镜头里，姚大夫的胸线一会儿歪向这边，一会儿歪向那边，连大表姐和董小姐最后都绷不住了，实在是太好笑了，反复修改得令姚大夫哭笑不得。

时间飞快地流逝。太阳西斜。海边出现了四个身材火辣的美女。她们在沙滩上，各种摆造型自拍。一群带着"脸基尼"的大妈们鄙视地从她们身边走过。

日落时分，朱主任抬起头，突然对还埋头在手机上美图、发微信的姐妹淘们大喊："完了！忘抹防晒霜了！"

姐妹们抱头鼠窜地跑回酒店，试图把身体全部盖起来，刚才疯狂暴露的劲头儿一时无影无踪。"你那些粉底都有防晒作用吧？"董小姐问。

"怕就怕它有！"朱主任抱怨。

大家一个个从浴室走出来。无一例外，身上画了线的地方是白的，剩下的都红得有了脱皮的前兆。

第十九天

5 月 29 日

（泰国）

星期日

阵雨

33℃

早上准备坐船出海浮潜，结果一整天大暴雨。全体坐在屋里，网红妹提议大家玩"你画我猜"。董小姐在微信上是头一次玩，又新鲜又非常好胜，心想在美国玩英文的老输，玩中文的还不得称王称霸吗？

第一轮成语类的，姚大夫画什么董小姐都能猜出来。董小姐画画本来就好，俩人默契度爆棚。

姚大夫画"落井下石"。

"我靠，这是什么呀？跟烟囱一样你也能猜出来。"朱主任的不解简直是对董小姐的最高赞扬。

大表姐画完"泪流满面"，全体猜中。

董小姐画"虎头蛇尾"。

姚大夫都笑得不行了，"这画得跟大饼一样，但是虎头蛇尾……"

一轮下来，结果明显姚大夫和董小姐非常默契。大表姐要求不猜成语了，改猜流行文化。

轮到董小姐画"三生三世"。

"这是什么鬼？"董小姐踌躇了半天，最后时间耗尽。

姚大夫画了一个戴眼镜的长发方脸，下面一个贝壳，打一个三个字的名人。

董小姐猜郭德纲。

大表姐笑出声了："你傻啊，戴眼镜的，这不高晓松吗？"

朱主任看见题目是小丑，就画了一张大笑脸，眼角还有泪水。

结果大家都猜演员，又没得分。朱主任万分沮丧。

到了网红妹，画一个四字名著。她就画了三个不规则圈儿。董小姐还在抓耳挠腮，由姚大夫带头，其他人都猜中了，是《三国演义》。

姚大夫再画一个动词，咸蛋向四面八方放射光芒，下面画了一个小人胯下在流血。大家都笑得快岔气了。

董小姐也在笑，这是pmt(痛经)吗？还是怎么了？来例假了？咸蛋？两个字的？

大表姐非常会心地问："萌萌，我再给你5秒，猜不出来，我就公布答案了。"

董小姐非常气愤，怎么她就能猜到？！

"哦，我明白了！"朱主任也像猜到了一样。

就剩下网红妹和董小姐了。

"扯淡！"大表姐说。

"你才扯淡！"董小姐噘着嘴。

"哎呀，我画的是扯淡，你怎么看不出来？"连姚大夫都责怪董小姐起来，"上面是字面意思，下面是实际意思。你看这人不是迈了一大步？"

"扯着蛋了。"大表姐乐得前仰后合。

董小姐也忍不住笑了起来："你把人家蛋扯下来还挂天上，你看受害者裆还流着血。你这也太黄太暴力了吧？"

"已婚妇女最喜闻乐见的梗。"大表姐高兴地总结。

"已婚了不起啊。"朱主任白了一眼。

到了大表姐画"臭豆腐"的时候，她却画了一坨屎的形状。

只有姚大夫一人猜对："我们一起去台湾的时候，刘航老要吃，然后大表姐就说他是狗改不了吃屎。"

说完，姚大夫马上觉得自己说错了话。董小姐脸有点儿变色。

幸好这时酒店送上了果盘缓解了尴尬的气氛。大家都围拢过来赞叹果盘的精致。

"先吃最甜的好呢？还是最后吃最甜的？"网红妹问。

"当然先吃。"董小姐和姚大夫异口同声道，两人会心地微笑。

"先吃是悲观主义情绪。"大表姐说，"你每吃一口都没有上一口好。"

"可是我吃到最好的了呀。"姚大夫说。董小姐接着说："你吃了半天不好的，吃到好的你已经饱了。"

"对，及时行乐！"姚大夫助攻。董小姐觉得自己扳回一局，心中无比欢畅。

午后天气转好，大家一起捏脚。董小姐突然看见中学同学朋友圈里发的对郑玄妻子的采访。不一会儿，姚大夫好像也看到了同一条分享。两个人都不吭声了。

大表姐问："看什么呢，怎么都没声儿了？"

董小姐在看照片上这个女生。之前她就像《名侦探柯南》里的嫌疑人一样，只是一个黑影。现在，这个黑影有了姣好的面庞，一袭如丝的长发，瘦小却玲珑有致。让董小姐震惊的并不是她比自己美多少，而是她们完全不是一种类型的女孩。

图解的文字是特有的"知音体"：

"可能是狮子座的男生特有的霸道吧。我觉得我是一朵向日葵，他就是灿烂的太阳，我就没法不看着他。我是他的'脑残粉'。"

"他工作特别忙，但会特意去补偿我，陪我逛街从来不小气。而且他特别有意思，有一次他跟我说你知道接吻的来历吗？人类学家认为接吻是由嘴对嘴的喂食演化而来的，然后他就非要……哈哈，这段你就别写了吧？"

董小姐冷笑着对姚大夫说："你知道吗？那个接吻的来源，还是我告诉他的呢。"

"这是去年在香港迪士尼，郑夫人她婆婆照的。"姚大夫摇了摇头。她说的是那张 Sin 和他老婆的合照。他们勾肩搭背，他的手插在她牛仔裤的屁股兜里，亲密无间，但是好像被谁叫了一声，两个人一起回头看，笑得特别幸福。董小姐才清醒的脑袋，这时候又好像雨天的车窗蒙上一层，怎么都看不清。如果不是 Sin 亲口告诉她，他有多不爱他老婆，这张照片应该是她见过最最真爱的合照了。跟所有假惺惺的婚纱照不一样，这是一张有情有爱的铁证。

"这可真不像结婚都是家里催的，没有任何感情，都是做样子给家里看的。"朱主任也凑过来，一脸"看一眼我就知道什么事儿"的过来人表情。

"可是，他什么都跟我说了！"董小姐似乎还在捍卫已经放弃的感情。

最先捏完脚的网红妹这时走过来，拿起姚大夫的手机看了一眼，也加入讨论："按 anyawawa[①] 的理论，这女的就是传说中的低 PU 高 MV 值，这男的应该跟萌萌姐你只是逢场作戏。你 PU

网红，天涯社区十大美女之一，情感分析专家。

163

值太高了，可以跟你做情人，你们是情人关系吗？"

姚大夫一把抢过手机，"你别老鼓吹你那个什么娃娃的歪理邪说啊，顶烦她了我！她那就是社会倒退！"

董小姐还一脸懵懂地问："什么MV值？"

"Mate Value（婚姻市场价值），PU就是Paternal Uncertainty（亲子不确定性），巴斯的《进化心理学》你知道吗？"网红妹不理姚大夫，接着传"歪理邪说"。

大表姐听到关键词，马上插话："David Buss（戴维·巴斯，美国得克萨斯州大学心理学教授）吗？*Evolutionary Psychology*（《进化心理学》）我看过啊，不记得还有Mate Value了。不过Paternal Uncertainty我记得是有这么回事儿，说因为受精是在雌性哺乳动物身体里完成，所以雄性就只能靠跟更多雌性交配，来排除孩子不是自己的可能……"

"你们都够了啊！结婚了你们就是大王，就是人生赢家了？"朱主任在旁边一撇嘴，"你们以为你们提高什么MV、AV，你们的男人就不跑了，你们就赢了？那你们这格局也不大嘛！"

董小姐觉得朱主任这侠肝义胆的拔刀相助似乎也是在为她自己的婚姻不幸做解释。大表姐见势头不妙开始打圆场："也是，这说法确实贬低女性自我价值，现代社会可以查DNA了么。"

"可是ayawawa确实很有一套。"网红妹还嘴硬。

董小姐看着朱主任各种揶揄网红妹，庆幸自己和Sin的尴尬话题总算封了口。

晚上酒足饭饱之后，大家准备一起去看人妖表演。路过前台的时候，姚大夫忽然想起什么一样，问董小姐要护照。

"你不是下午拿走去兑换钱的吗？"姚大夫看董小姐一脸无

辜的样子，试图重现犯罪现场。

"哟，我就说用支付宝好了呀，某些人偏要换什么现金。"大表姐不错过每一个挑拨离间的机会。

"嗯，你让我再找找，我当时没给你吗？"董小姐一头大汗，把随身包翻了个底朝天。这时候她脑子里忽然闪现了卷毛儿。这是她回国后第几次丢东西了？董小姐有点儿万念俱灰。

"你在哪儿兑换的钱呀？"朱主任一副发现问题解决问题的公正态度，"赶紧去看看，希望还没关门！"

"咦，萌萌姐为什么不拿自己的护照兑换钱啊？"网红妹很及时地来补刀。

董小姐带着哭腔往外跑："我不是把我自己的护照落在宾馆了吗。"

"那你空手去能要得回我的护照吗？你去刷脸啊？"姚大夫无可奈何地追了上去。姐妹淘也都拖着脚步跟着一道打车去了兑换外币的地方。

所幸兑换门市还开着门。看着董小姐气喘吁吁地跑过来，店家先卖了个关子。

"No passport？No!（没有护照？没有！）"

董小姐眼泪都急出来了。店家看戏有点儿过，才赶紧把姚大夫的护照递出来。

"Thailand, friends! No Worries. Welcome!（泰国，是朋友！别担心。欢迎！）"店家的英文也很有限。

"Savadica Kongbuga！（你好，谢谢！）"董小姐的泰语更加有限。

虽然知道闯了祸非常抱歉，但是董小姐在双条车上还是啥也没说。她不想当着外人跟姚大夫解释或者道歉。姚大夫从小看她丢东西丢得多了，姚大夫有这个担待，知道自己不是故意的。

大表姐却不依不饶的样子。车还没停稳，她就开腔了："真是幸运啊，小鱼也是好脾气，护照丢一丢也不哼一声，你吓死人不偿命吧。现在人妖表演也泡汤了吧？"

"要不然看泰拳吧？"董小姐黑着脸，但是知道自己这时候服软才能博得姚大夫的同情，"人类吧，发生什么不可抗拒的事吧，总是会找个替罪羊；如果找不到别人，就会怪自己，咱们可千万别怪自己啊！"

"董晓萌，你听见你自己在说什么了么？什么都不责怪自己！你到这一步，就是从来不责怪自己的结果！"姚大夫突然爆发，完全出乎董小姐的意料，连始作俑者大表姐也有点儿惊诧，更不用说走在前面准备等下接着去泡泡浴的朱主任和网红妹。

"你以为你不责怪自己，就没事了吗？是！郑玄有份儿骗你，但是你就完全可以说你无知者无罪了吗？那你知道他隐婚后还跟他来往怎么算呢？你让他骗得团团转你就不自责吗？"

董小姐浑身的毛孔全部炸开，咆哮道："姚之好，你不就结个婚吗？who die and made you king of everything!（这是谁死了让你出来充大王！）我在外面打工被当官的堵厕所里性骚扰的时候你在哪儿？你就比我高尚正直全知全能无以复加了？我用得着你在这里当卫道士吗？！"

朱主任马上就看出端倪，要来劝架："别吵架啊，多大的事儿啊？护照这不都找回来了么。"

董小姐甩完狠话，有一种寂寥漫上心头，就开始在姚大夫房间里收拾衣服，却发现这个举动在外人看来更像是收拾行李准备

166

走人。姚大夫一下就气哭了："你把我当什么了？说来就来，说走就走。你是等签证无聊来参加个婚礼吧。"

董小姐也懵了，试图解释自己不是收拾行李，却更加覆水难收："我无聊？？？我回来冒多大险你知道吗？我转学生签证根本不用回国。结果回来你天天大表姐长大表姐短地跟她腻在一起，她那么好你怎么不跟她结婚啊？哦，对了，她是你表姐！你们不能近亲结婚！"

"呃，这原因难道不是同性婚姻不合法，或者不能重婚吗？"网红妹在旁边小声嘀咕。

"董晓萌，你疯了吗？我结婚你怎么不能为我高兴一点儿呢？你这一路搅和得我鸡飞狗跳的，没有一件事儿省心的。"

"就她让你省心，对吧？"董小姐指着大表姐质问姚大夫，"你还不是怕我回不来，你不是也有'备胎'？"

大表姐一脸愤怒要说什么，却被姚大夫拦住。姚大夫一边哭，一边喊："对，我就是怕你不来。我现在不怕了！你现在要走，婚礼也别来了！"

"小鱼，你别哭，为这种人有什么好哭的。她就是'游客型人格'，在哪儿她都是到此一游的心态。当然什么都是要试一下，体验好不好没关系，重在参与呗。咱们对她来说就好比一个景点，下车拍照，上车睡觉，谁也伤不着她。"大表姐的话每一个字都好像一刀，每一刀都戳中董小姐的血脉，董小姐只觉得浑身汩汩地淌血。

提着行李，董小姐泪流满面地冲出门去。

第二十天

5 月 30 日

（北京）

星期一

晴

23℃

赶上夜里 11 点的飞机飞回北京。起飞前，董小姐给卷毛儿发了微信："我也不知道你还理不理我了。我早上 6 点到 T2 航站楼，想见你。"

　　伴着朝霞落地，沉睡的北京安详又温暖，董小姐忍不住心疼："这里是我家，谁说我是来体验生活的。"

　　"怎么提前回来了？"卷毛儿把头盔递给董小姐。话音还没落，董小姐眼泪就扑棱棱掉了下来，自己扣上那个硕大的头盔，闷着头委屈得大哭起来。她瘦弱的肩膀顶着一个大脑袋，一颠一颠地抽泣，远看还真有点儿滑稽。

　　卷毛儿没说话，开着跨斗儿就离开了机场。董小姐这时才发现这并不是进城的路线："你是看我外地人好欺负，打算把我卖了吧？"

　　"哟，不哭啦？"卷毛儿看了一眼董小姐说，"我带你见个人。我的不开心跟你分享一下，让你开心开心。"

　　两人来到一家养老院。周围的绿化很好，两层楼房第一层的落地大窗对着一个湖，有一个栈桥延伸出去，从落地窗看出去，平静安详得好像一幅电脑桌面。

　　"哟，大孝子怎么这么早就来啦？"护工大妈看见卷毛儿时笑眯眯的，"这是谁家的闺女啊？"

"黄阿姨，这是我朋友，董晓萌，以后让她跟我妈做个伴儿，也住这儿吧。"卷毛儿说着，董小姐的傻笑戛然而止。

"这是我妈。"卷毛儿说，"我每周来看个两三次，她在这儿我放心点儿。我爸在我初中的时候就跟她离婚了。我回国第二年，我妈突然得了这病，当时跟她好的那个叔叔一开始也没想走，后来可能我妈病情恶化得挺厉害的，也认不得人了，他留了些钱就走了。还算仁义，够我们娘俩花的。"

"你说你家里有人生病，就是……"董小姐没想好怎么问。

卷毛儿也没回答，费力地帮着司妈妈刷牙。司妈妈含着漱口水差点儿就喝了下去，被卷毛儿使劲拍着吐了出来。

"我妈那会儿每天还有明白的时候，一把她锁在家里就跟我哭，特别倔。然后满街认孙子，说我把媳妇儿藏在国外了。也不知是谁告诉她的。后来王若水来了，她就不闹了。"

"那离……？"董小姐忽然想起"绿帽哥"的称号，这个问题就给生生咽下去了。

"结的时候也都没想清楚吧。王若水当时也着急，她比我还大两岁，接的戏谁都没听说过，混不出来再不嫁人，家里也催。我也没跟谁过过日子，喜欢什么都是真心的，但是你真过日子的时候才知道什么是你最在乎的，什么是你妥协不了的。"

"你那时候也没什么钱啊，能嫁你也不能是图你财吧？"

"她太听她爸妈话了。她爸妈也不是多么矜持的人，嫌我开销大就指着鼻子骂，说他们女儿有多少大款追，说要送给她多少钱的房子她都没要。听着特别难听，好像要卖女儿一样。我知道他们也是舐犊情深，但是有些话，说过了就不能当作没发生。他们说我可以，但是说我妈，我肯定不能答应。"

董小姐意识到，卷毛儿正在跟她分享他作为男人最最脆弱的地方。董小姐整个人都僵住了，一动都不敢动，大气儿都不敢喘。

"我记得你上次给我讲的那个《星球大战》里面控制大脑那个理论，相爱的人互相控制对方自我思考的能力。可能双方在一起一段时间，你和对方都有点儿怠惰了，她也没心 control 你了，你也不像当初那么脆弱，你就终于可以自己控制了。"

卷毛儿把护工送来的饭一口口吹了，再一口口喂给司妈妈："其实，王若水有没有给我戴绿帽我一点儿都不在乎。我们俩的问题早就有了，我一直没有勇气面对。最后还是逼她来替我们选。我觉得我也挺懦弱的，有些话我说不出来。所以，我也理解你为回不回国这件事纠结成这样。其实，有时候你不选择也是一种选择。也许不是好的选择，但是那也是你的选择。你得承担这个后果。"

卷毛儿说完，冲着董小姐苦笑了一下，把喂完饭的空碗放在一边，开始给他妈妈剪脚趾甲。

他们推着他妈妈在湖边转了一圈，回到房间里。

"下礼拜我再来看您啊！"董小姐拉着卷毛儿妈妈的手说。卷毛儿眼睛亮亮的。

卷毛儿把董小姐送回城里，回程的路上谁都没说话，感觉两人已经能习惯彼此之间的留白。董小姐记得一本书上说，无话不谈是亲密无间的表现，但是能共处无言而不觉得别扭却是更高一层的亲密。

快到家的时候，董小姐的手机响了，卷毛儿说他不急着走，停了车让董小姐先接电话。董小姐摘下头盔，听见姗姗在电话那边慵懒地说："给你约好了，11 号上午 11 点到 1 点。你要提前见面的话，现在来我公司可能来得及见上一面。要是来不及，你就只能当场验货了。"

董小姐看着卷毛儿，想了想刚和姚大夫决裂，这租赁来的老外估计最后也没什么用了吧？正犹豫着，姗姗催董小姐："到底要不要了还？我忙着呢！你想清楚给我回个话。"

百感交集间，董小姐赶在她挂电话之前，冲口而出："就是他吧，不验货了！"

卷毛儿一脸好奇宝宝的表情看着董小姐。由于他今天的过分分享，董小姐心情好了许多，决定跟他讲真话："我跟姗姗租了个老外，去参加姚大夫的婚礼。"

卷毛儿的脸一下黑了："你干什么？"

看见他拧着的眉头，董小姐有点儿慌乱。本来要跟他解释说自己只是不想让姚大夫的亲友桌有空位，而且也不想要刘航和大表姐的同情。可是一张嘴，董小姐说的却是："我租老外呀，假扮我的男友。姗姗说那人做过好多男性专科医院的广告，可以假装医院院长什么的，逗吧？国内现在婚庆行业的服务细分得多厉害呀。"

最后一句说得好像在和陌生人扯闲篇儿。

卷毛儿从董小姐手里扯过头盔，扔进车兜。忍了一下，没忍住，说："问题并不是要找谁去参加姚大夫的婚礼。她要你去，你去就行。可是你却总要找别人给你撑腰。什么老外，什么'高富帅'，这些都不是你自己，你自己就不能大大方方、漂漂亮亮地去？你做什么事都不愿意自己去承担后果。这就是为什么你一直做不出选择的原因，也是最自私、最让人伤心的事。"

有那么一刻，董小姐拉着他的车，感受着他摩托的震动，董小姐的心也在跟着震动。她在想："这个人，他在吼什么，如果我一辈子不见他，我会不会难过呢？"

　　"好啊，我这么坏，这么自私自利。您走吧，辛苦您今天接我。以后您永远不用见到我这么可耻的人了！"董小姐说出话的声音有点儿颤抖，说完紧咬住嘴唇，把眼睛睁到最大，生怕眼泪会渗出来。

　　"不是，我不是那个意思，你怎么歪曲我的话嘛！我是说你不用找别人。你看你这么棒，这么 weird（奇葩），用不着找人假装你……"没等他说完，董小姐已经转身。"现在流泪就输了。"董小姐告诫自己。

　　"董晓萌！"卷毛儿伸手过来拉她，死死地抱住了她。董小姐听见他的心脏"扑通""扑通"地跳得很大声。她使出自己全身的力量甩开他，并伸手示意卷毛儿别过来。

　　"您不用劝我，我知道我自己几斤几两。谢谢您以前对我的帮助，以后咱们就相忘于江湖吧！"

　　董小姐的提前回家让田会计很惊讶。看见董小姐一脸泪痕，田会计叹了一口气，就留她一个人在屋里默默抽泣。

第二十一天

5 月 31 日

（北京）

星期二

雾霾

24℃

董小姐早上 7 点醒了一次，8 点又醒了一次，然后就再也睡不着了。

　　到坦途留学上班以后，每个人都像见到外星人一样看着她。

　　"少放假一天有什么大不了的。"董小姐坐到座位上，却怎么也登录不了公司电脑。

　　两个保来押着董小姐去了人事部。那个什么人事儿都不懂的人事小姐看到她，白眼都要翻到后脑勺去了："董小姐您已经被解雇了。您怎么还回来呀？！"

　　董小姐想了一下，自己周五因为拔牙旷工。"可是我当天就写信解释过了，我晕血。当时还收到回信说没问题的。"

　　"整个公司上下只有您的时间最灵活，随时请假随时来。我看我们老板也是晚上 10 点多下班，唯独您能享受 work from home（在家办公）的舒适感。"

　　董小姐忽然明白了，这一切都是 Sin 给她制造的假象。这几天的"钱多事少离家近"只不过是特殊待遇。

　　"您看您 4 天的工资，怎么给您结算呢？微信还是现金？"

　　"微信吧。"董小姐被憋得一脸通红，恨不得找个地缝钻进去。

董小姐想拿着大衣转身就走，人事小姐却喊住她："董小姐，毕竟您也算熟悉了我们的业务，所以抱歉不能再让您使用我们的电脑了，得让保安护送您拿好您的财物再护送您离开。"

董小姐像犯人游街一样游出了漂亮的写字楼。

董小姐没有哭，也没有给谁打电话抱怨，也没有发朋友圈。到家后，董小姐给姗姗打了个电话，把租赁的老外给取消了。

哀莫大于心死。董小姐喝着热茶，望着阳台外面北京的车水马龙，心想，还有 12 天就回美国了。12 天。

第二十二天

6月1日

（北京）

星期三

晴

23℃

今天是儿童节。

董小姐只看到姚大夫发朋友圈说回北京了，希望假期更长一些。

老董看天气好，叫董小姐一起去玉渊潭。董小姐没说话，田会计拽了拽老董的衣袖，两人自己开车去了。

电视上选秀节目里，一个叫赵雷的男生在唱《三十岁的女生》。

她是个三十岁 至今还没有结婚的女人

她笑脸中眼旁已有几道波纹

三十岁了光芒和激情已被岁月打磨

是不是一个人的生活 比两个人更快活

我喜欢 三十岁女人特有的温柔

我知道 深夜里的寂寞难以忍受

你说工作中忙的太久

不觉间已三十个年头

挑剔着 轮换着 你再三选择

她是个三十岁 身材还没有走形的女人

这样的女人可否留有当年的一丝清纯
可是这个世界有时候外表决定一切
可再灿烂的容貌都扛不住衰老
我听到 孤单的跟鞋声和你的笑
你可以 随便找个人依靠
那么寒冬后 炎夏前
谁会给你春一样的爱恋
日落后 最美的
时光已溜走

董小姐听着听着就哭了，自己在沙发上蜷成了一小团。自己是不是也韶华老去，成了需要同情可怜的、濒临绝迹的物种？

家里的铁门突然被拍得山响。在普吉岛编了一头小麻辫儿的朱主任领着一个6岁的小姑娘冲了进来，看见还在吟唱的赵雷，马上把电视关了。

“最见不得这种人了！”朱主任噘着嘴说，“你能不听这么丧的歌吗？你觉得他有什么资格说咱们？三十怎么了？谁用他在这儿感慨了？”

董小姐嘴里的鱼片儿还没有吃干净，睡衣上还挂着辣条儿的包装袋，头发也乱得像个鸡窝，对朱主任的一顿劈头盖脸一时还醒不过味儿来。

朱主任把孩子安排在董小姐的屋子里画画，把门关好。走出来把遥控器扔在一边，踩着一地的零食包装，在家里巡视。

“你爸妈呢？”

董小姐很无辜地说：“他俩好像出去了。去哪儿跟我说了，我给忘了。”

“哟，还买了水逆手环。有这么个破石头你就能翻身了？！”朱主任拿起水逆手环就扔到地上，石头顿时碎成了渣渣。“你看看你现在！是不是觉得自己特凄凉，没有人比你更可怜了啊？”

董小姐终于被朱主任嚣张的讨伐激发了本能的抵抗情绪：“我求你可怜我了吗？我就默默地一事无成，一无所有，一无是处，一了百了完了！”

“你牛啊你，会用一字开头的成语了不起啊！”朱主任用食指点了董小姐的脑门子，“你这就是一派胡言，我跟你说！”

董小姐委屈地说：“我没说错啊。我都快三十了，要什么没什么。男朋友，工作，房子，钱！我去了趟美国几年了，回来还是要什么没什么。现在连朋友也没……”话没说完，董小姐鼻头一酸，眼泪夺眶而出。

“屁话！怎么就没朋友了？”朱主任好像皇太后一样，一屁股坐在董小姐身边。“董晓萌同学，你身边这位气宇轩昂一头秀发的人民医生不是朋友吗？你72小时前甩下的一屋子优质美女不是朋友吗？你可飘了，啥也不管就跑了，跑得可真快啊，谁都追不上你，你练过吗？没事儿你不在，有事儿你跑那么快，这是对待朋友的方法吗？”

董小姐还想反驳，却鼻涕眼泪横流，一时说不上话来。

“我刚认识姚大夫，就天天听她念叨说她最好的朋友在美国，没事儿就说你们俩小时候的事儿。有一次说起什么呀，说你小心眼儿，失恋了连马路牙子上立着两个矿泉水瓶子都得给踢开一个。”

朱大夫给董小姐递上面巾纸，然后轻轻一笑。“我当时就在

182

想，这姓董的姑娘得有多大福气啊，这么小心眼儿，事儿这么多，她姚大夫还觉得是一大美好记忆，还替你记着。"

"我哪儿有那么小气？！"董小姐吸溜着鼻涕。

"你看你自己都不记得了。"朱主任拍了拍董小姐的肩膀，"交朋友还是得交这种长久的，看着你、陪着你长大的。从这个角度来说，你这么大人活到现在也不算一无是处，真心的朋友还在，就比很多人强了。"

董小姐微微点了点头："可是她都不让我参加她婚礼了。"

"那不是气话吗？！"朱主任轻描淡写道，"她为了你把婚期都改了。一开始商量说要春节把事儿办了的，结果呢……"

董小姐突然觉得这话的逻辑很奇怪，姚大夫从来没跟她说过有春节办婚礼的这个打算。董小姐只记得自己年前给姚大夫打电话的时候，说过自己工作签证要到期了，可能又得念个会计之类的拿学生签证。"她什么时候被求婚的？国内也不讲究求婚的吧。"董小姐小声嘀咕。

朱主任接着说："也就是你们独生子女，对发小儿比亲人还重要，把那个谁，她大表姐的造人计划都打乱了。"

董小姐听着顿时有点儿耳鸣眼晕，自己回国以后给姚大夫添的乱、惹的祸，像过电影一样在她眼前掠过。

"那我，我该怎么办呀……"董小姐鼻头发酸。

"美剧怎么说？叫 get your shit together！把你的屎都捡起来！从头再来！"朱主任一字一句地说。

"噗……"董小姐鼻涕口水都喷了出来，"这是哪个字幕组翻的呀？那是鼓励人振作起来，不非得捡屎！"

"那我还能不懂么？不就是比喻么。你看你这头发都赶上毡

183

片了，你要孵蛋啊还是咋的。你非得把你这屎好好捡捡啊！"朱大夫一边说一边用手梳着董小姐的头发。

董小姐一边躲，一边笑了。

"贝贝，出来吧！妈妈好了，带你去看话剧了。"朱主任说。

"妈妈，我想上个厕所再走。"

董小姐给贝贝指好地方。

朱主任拿着贝贝刚画的画在厕所外面问："贝贝，你画的这是什么呀？"

董小姐凑过来看，白纸上有三角形和竖线，看起来非常抽象。

"你猜？"

"我知道，是不是蛇吃大象？"董小姐很兴奋，这个《小王子》梗没有失传。

"啊？不是。"贝贝说。

"那是一只小羊吗？"朱主任沿着董小姐的逻辑猜。

"不是。"贝贝洗完手，走出来，"这是电梯按钮啊。"

朱主任和董小姐把画横过来一看，可不是，一个是开门，一个是关门，画得挺逼真的。

第
二
十
三
天

6 月 2 日

（北京）

星期四

多云

20℃

董小姐早起去买了菜，给老董和田会计做了一桌子菜。老董和田会计都很惊艳，觉得夏天吃个墨西哥的玉米饼蘸酱guacamole（鳄梨沙拉）还挺清凉解暑的。

陪田会计逛街时，董小姐看见一对穿校服的中学女生在追一辆出租车，一个架着另一个腿上打着石膏的。那个能正常走路的女孩先扔下书包跑去开出租车门，然后再全速跑回去接瘸腿女孩儿和书包，看起来很狼狈，但是两小姑娘笑得好开心。

董小姐心中充满了羡慕。小学的时候放学，董小姐跟姚大夫赶公共汽车回家，一脚踩在碎玻璃瓶上，扎破了脚。白球鞋脱下来，粉色玻璃丝的袜子已经被鲜血印红了，右脚一道深深的口子，血还在流，两人这时候都傻眼了。

"我没事儿。"董小姐抱歉地说，这下肯定赶不上公共汽车了。

"你这得上我妈的医院，要打破伤风针。"姚大夫看了一下，"创面深的都得打破伤风针，我妈说的。"姚大夫二话没说，背起董小姐就去了姚大夫的妈妈所在的医院。

10岁的姚大夫背着董小姐，董小姐背着两个人巨大的书包。

"那什么……我说……"姚大夫瘦弱的身子背着董小姐，一路走得像个醉汉一样，说话也呼哧带喘，"你能不把你这臭球鞋往我脸上糊么？"

董小姐这才发现，自己拎着的球鞋一直在姚大夫的眼前，确实味道不怎么样。董小姐于是拉着鞋带把球鞋放低，球鞋却变本加厉拍打在姚大夫腿上。她一边走，鞋子一边被震得到处乱飞，两个人忍不住都笑抽了。

"别，别笑了。"姚大夫站住，把董小姐又往上颠了颠，"我要背不住了！"

"你放我下来吧，我自己能走！"董小姐说。

"马上就到了！"董小姐记忆里的姚大夫又跑了出来。

董小姐看着远去的出租车里的两个女中学生，心想，就跟矢主任说的那样，她和姚大夫是彼此的文身，要删除对方可能要脱一层皮才行。必须马上把自己的"屎"好好捡一捡。

清除手机内存的时候，董小姐发现了卷毛儿给她录的那段关于北京的口述历史。董小姐的手挪到删除键，弹出一个对话框，问她"确定"吗？

董小姐按了取消后，冲出家门。

"我的发小儿，叫江一南，北京人说话爱吃字儿，我从小喊他江南。江南挨我们院隔壁住，他们那院子里有一棵香椿树，发芽的时候，我们就上房掐一点儿下来，让他姥姥做香椿馅儿饼，香味儿能飘到我们院儿去，我院儿的小朋友每次再要都没有了。再没吃过那么好吃的馅儿饼了，那才叫有机食品呢。"

董小姐在胡同里采访出来遛弯儿的老北京人。

"以前西城那边都是大户人家，建材都了不得的。我们家在丰盛胡同，到了春节，你知道吗，我跟我那发小儿就在墙缝里塞鞭炮，二踢脚，你知道吗？对，就声儿巨大那种。但是老年间的青砖结实，根本就炸不开，连墙灰都不怎么掉。我们那厨房是城墙砖盖的，那时候拆城墙，就我们骑着板儿车自己拉的呢。特棒！"

　　"拔根儿，就得找那种老树叶，但是又不能特别脆，风干了的那种。你得找有韧性的。银杏的叶子好，纤维多。然后我们还有绝招，是我哥他们教的，把根儿放鞋坑儿里，沤几天。百战不殆！"

　　"什么最忘不了啊？后海滑冰吧。看见你阿姨围一个红色围巾，在冰上打转儿。太好看了。这放现在就叫'女神'吧，你阿姨那时候就是'冰场女神'。"

　　董小姐把收集来的录音剪辑好，传上电台网站。董小姐给专辑起名叫《人在北京》，并把讲故事的人的照片做成每一集的封面。

　　睡前放给老董和田会计听了第一集，田会计听完笑了笑："你给我录一集，我也要说。"

188

第二十四天

6月3日

（北京）

星期五

多云

20℃

姗姗在朋友圈上传了北京人才招聘市场的盛大景象。董小姐拿上录音笔就直奔会展中心。

　　一开始有点儿胆怯，不知道采访谁好。

　　"请问，你好"之类的说了几十次都没跟谁说上话。大家都非常紧张地排队递简历。董小姐来到姗姗她们公司的展台前，想碰碰运气。

　　"找人采访你不能在展厅里，大家都忙着呢！"姗姗整理着手上收到的简历，里面不乏海外留学经历的人才。"你出去，会展外面有吸烟区，你去那儿！一根烟的功夫，能聊不少呢，我刚回来，就不陪你去了。"

　　董小姐茅塞顿开，千恩万谢地刚要走。

　　"给你这个，火儿也借给你。你空着手去谁理你啊！"姗姗说着从包里拿出自己的烟和打火机。

　　董小姐拿着那盒烟站在会展中心门口的吸烟区，里面刚好只剩下两根。她突然想起 Sin，想起自己把他整盒烟扔得只剩两根，被他发现后自己被吻得上气不接下气。想起他捧着她的脸说："你要绞尽脑汁爱我，想要什么我都给你！"

　　董小姐想着，鼻头有点儿发酸。

"能借个火儿么？"一个西装男问道，他身上的卡牌说明他是参展人员。

董小姐赶紧掏出打火机，试图帮他点烟。因为从来没点过，按了几次都没打着火。

西装男很不耐烦地说，"我来吧。"

他一下就点燃了，然后又把火苗伸向董小姐。她晃了一下神，才明白这是让她也就着火抽一口的意思，连忙把烟拿了出来。搞了半天才在咳嗽声中完成自己"烟民"的变装。

"戒了吧。"西装男看了看她，董小姐这时候让烟熏得眼泪都快掉下来了。

"啊？"董小姐没听见。

"好点的写字楼都不让抽烟，而且烟这么贵，你这小小年纪的，戒了烟能省不少钱呢。"西装男显然是把董小姐当求职的大学生了。

"哦。"董小姐其实举着烟很久也没抽一口，烟蒂已经烧掉长长的一段，"您是哪个单位的？"

"我们算文创企业吧！"西装男非常熟练地掏出自己的名片：

胡伟峰 故里文娱创意总监

"我没，没名片。"董小姐很不好意思，"其实我有个电台叫《人在北京》，是记录生活在北京城里的2100个男女老少的经历，用音频和图片让每个人讲述一段自己的故事。与众不同的经历，难以割舍的情感，或者看似普通却从未改变的习惯，又或者是生活中的期待和恐慌，以及任何一个你在北京的瞬间……"

董小姐滔滔不绝地说完，胡伟峰拿着烟都傻了，似乎一句也没听懂。

"要不您关注一下我的微信公众号？"董小姐觉得自己跟海归互助小组揭发的地铁里要微信的骗子如出一辙。但是胡伟峰显然被她之前说的那一大段吓到了，乖乖地拿出手机扫了码。

"人家来找工作，你来找朋友。"胡伟峰把烟蒂弹进下水道，转身走了。董小姐抖擞了精神，走向身边的下一个目标。

大家好像躲瘟疫一样散开，唯独一个正蹲在地上看手机的男孩站了起来，"我愿意接受采访。"

抱着书包挤地铁的董小姐用耳机听着刚刚录的采访，并且以一种非常奇怪的姿势拿着相机，一张张翻看在人才市场里拍的照片。

听到一段有意思的，她温暖地笑了。北京地铁拥挤得那么结实，董小姐第一次觉得心满满的。

晚上回到家，电影频道正在放《泰坦尼克号》。田会计叫董小姐一起看。

"我早就看过了。"董小姐一屁股坐在田会计身边，加入嗑瓜子看电视阵营。

杰克正在给罗斯画画。"你什么时候看的？"田会计问。

"刚出来我就看了。"董小姐轻描淡写地说。

"刚出？你才多大啊？你怎么看的？"

电视里，杰克和罗斯在继续相爱，董小姐一下就想起世纪之交的地质礼堂，一口纯正普通话的杰克和女友罗斯在大银幕上开心地大笑。电影院里，红丝绒沙发座倒数第四排中间三个位子上，还在上初中的姚之好，左手拉着董小姐，右手拉着姚之好的初恋男友。

那时候他们刚考完期末考试，男朋友非要和小鱼看电影。70元的电影票简直是天价，男朋友只买了两张票。

"你们看吧，我回家了！"初中时的董小姐站在地质礼堂门外，穿着一身校服，一脚着地，一脚蹬在红色的永久自行车上。

"再买一张不就完了？"小鱼拉住董小姐的自行车把，就是不让她走，"你要不看，我也不看了。"

董小姐犹豫不决地看着她，再看看小鱼的男朋友。

"我反正没钱了！"男朋友使出必杀技。

"我有！"小鱼兴高采烈地把钱递给男朋友，让他去排队买票。

剩下董小姐和小鱼站在那里。

"你们看不就好了，非要加我这么个大灯泡干吗？"董小姐有点儿歉意，但是多少对即将能看《泰坦尼克号》这个现实有点儿兴奋。

"没事儿，you jump（你跳），I jump（我也跳），you 看，I 看。"小鱼拉着董小姐，像每次她们拉着手，像她们被露阴癖吓到时，像她们在游泳馆被教导主任骂时，像她们在机场重逢时。

董小姐发了一张《泰坦尼克号》的截图给姚大夫，她没有回复。

坐在自家书桌前，董小姐深吸一口气："3，2，1，大家好，我是萌萌，欢迎继续收听《人在北京》。今天的主题是：心之所向。不知道大家看《泰坦尼克号》时是和谁在一起，我是和我最好的朋友，以及她的男朋友一起看的……"

第二十五天

6月4日

（北京）

星期六

晴

20℃

姗姗的朋友圈里跳出卷毛儿下午场评书表演的广告——"无字书馆"，也是他的电台名，场地就在他们去过的那个后海的酒吧"哪儿"。

　　董小姐纠结了一下，把背包里专门拴钱包的细线翻出来，绑在钱包上，叹了口气，自言自语道："从不丢钱包做起！把我的屎都捡起来！"就出门了。

　　2点入座时，已经开始有单弦演奏了。单弦演奏者居然是那个胖结巴，口齿伶俐、演技精湛。舞台设在"哪儿"酒吧区的后面比较封闭的空间，由一扇古朴的木头雕花四扇门隔开，外面空灵的爵士乐在里边一点儿也听不见。里边挂着几幅字画，青花瓷的大缸里游着几条金鱼。台下都是方桌和四面围着的条凳，很贴心地配着碎花的垫子。台上的背景是《西游记》中师徒四人的素描，一行毛笔字在一侧题注：通天河大战鲤鱼王。

　　董小姐点的北冰洋汽水刚摆上，座位从前到后一阵骚动。董东居然从董小姐前排冒出头来，悄声说："姑姑，你怎么来了？"

　　"我为什么不能来？"董小姐说着，把身边的座位让给他，"你也是来听评书的？"

董东悄声说："我刚迷上，司老师可棒了！"

"你不玩那什么手机游戏呢吗？"

"嗯，不玩了，浪费钱。"董东冲董小姐傻笑了一下。

"猪呢？后来怎么弄的？"董小姐忽然想起来。

"哦，对了，我没跟您说，猪让司老师送去农村当种猪去了，活得比我滋润多了。"

"哦。"虽然很想知道司徒是怎么把董东那只本应该是迷你猪的家猪搞定的，但是台上卖力的单弦演奏，让董小姐不知如何开口。

"姑姑，你跟司老师是什么关系啊？"董东倒是不怕自己影响演出。

"什么什么关系？你小小年纪那么八卦干什么！"董小姐刚想多解释两句，前面的听众已经有人转过头冲他们递白眼了。

"我就随便问问。你看这山水画怎么样？"董东继续顶风作案。

"挺好的呀。"董小姐用口型说话，还配合手势举起大拇指。

"嘿嘿，我画的，司老师说我应该好好画画。"董东挺起胸膛，洋洋得意的样子跟董小姐拔牙那天诉苦的样子宛然天壤之别。董小姐感觉心里对卷毛儿的亏欠又多了一些。

"我说你画得好就没用，人家说你就跟接了圣旨一样。"董小姐嘀咕。

"那不一样，我画什么你都觉得好，司老师是……"董东对司徒的赞美还没说完，司徒已经一身长袍马褂地站在了台前。

"今天来了不少人呀，咱们这个书已经说到一半了。这九九八十一难，到了通天河这儿，是第47回起三章，讲这个过通天河。西游路上取佛经。这里面故事有很多禅意……"司徒娓娓道来，在场的小朋友都安静了下来。

司徒穿着马褂很好看，瘦长又儒雅。董小姐的脑袋里开始自动播放蒙太奇：卷毛儿开着跨斗车带着董小姐飞驰在机场高速上；他在学校的天台上认真地给她录音；董小姐在 Hong Kong Palace（香港大皇宫）分享回国心得，他会心地微笑；董小姐因为智齿大出血晕倒在医院，他在床边心疼地看着；拍微电影那天，董小姐从车上摔到地上之前，他在车下一脸期待；卷毛儿在奥体中心硬是把"极度干燥"披在董小姐的身上；在后海帮她捡包……

"这讲的是欲速则不达的道理。三藏法师到了河边，现在这个情况其实很清楚了，当地人也警告他了，六月雪，这河上的冰并不结实，可以等化了再摆渡过去，或者等它冻得更结实些再走。但是三藏法师却选择铤而走险。"司徒和平时懒散的样子判若两人。

"我最近交了个朋友，也在做人生非常重要的选择。她就和三藏法师站在通天河前一样，有一些急功近利，有一些急于求成。大家看'急'这个字在汉语里就没什么正能量。我呢，也很替她着'急'，所以我就跟她'急'了，说了一些让我后悔的话。可是大家看孙悟空在得知三藏法师的决定时，并没有说什么。这还是在他和这个所谓灵感大王过过招，想必这里面有异常。但是'被鲤鱼精压在通天河的石棺下是一种什么体验'，悟空是不能替他师傅解答的。这个'知乎帖'必须要等着三藏法师亲自来回答。"

说到这里，大家都笑了，可能因为是流行的"知乎体"，或者是司徒很有感染力的表演。

"真心在乎一个人，就应该让她选，而不是阻止或者胁迫，《西游记》在这里就一个字——从，说悟空就跟着师傅走上这个结冰的通天河。这也是孙悟空的成长，他也从原来三打白骨精时的那种急迫冒进，慢慢地学会了宽容、随遇而安。"

董小姐忽然明白他在说她，自己就是那个急功近利、急于求成的朋友。董小姐的脸红了起来，趁他鞠躬感谢大家观看演出的时候，偷偷跑了出来。

蹲在地上，董小姐一边给姚大夫打电话，一边看胡同里小朋友在玩跳房子。姚大夫没接电话。

董小姐看到姚大夫的朋友圈发出了她和伴娘团其他人去试吃蛋糕的照片。

"伴娘团一秒钟变吃货团，谢谢大表姐给力组织！"

董小姐愤恨地把路边两个矿泉水瓶踢倒了一个。

走出去 50 米，董小姐又走回矿泉水瓶边，把踢倒的那瓶扶起来。

再走出去两步，想了想。又跑回来把两瓶子一起扔进了垃圾箱。拍了拍手，董小姐掏出录音机走进人群里。

晚上，董小姐在家里编辑她录的素材。

"姑娘，这街上都没人了，你怎么还不回家啊？"

"我，我不想回家。"

"在家看看电视，没人招惹你，多好？"

"我在美国，整天整天没人招惹我，我憋得慌。"

"唉，这孩子……"

"您别管我，我再站会儿就回家了。"

"各位乘客，宣武门到了，请您先下后上。"

"前门上来，前门上，后门上的到前面来补票！你干什么你，这是什么！"

"师傅我录个音，您就当我不存在！"

"录音你也别挡着我，往那边站。后面上来那个，赶紧的，买票，不买票都别走啊！"

"你以为你谁啊？"

"你以为你谁啊！"

"文文，刚才谁说的不能在公共场所大声喧哗？"

"小弟弟，能换我哭5分钟么？"

董小姐坐在自家书桌前，深吸一口气："3，2，1，大家好，我是萌萌，欢迎继续收听《人在北京》。今天的主题是公共交通……"

第二十六天

6月5日

（北京）

星期日

晴

20℃

"姐姐，我今天就唱到这儿了，要不我请您喝一杯？"

"不用了，我想吃碗卤煮，你要不要一起？"

"哦，成吧。"

"姐，吃饭您也录啊？"

"嗯，我觉得你吃得特别香。"

"得嘞。"

早上起来，编辑音频编到一半董小姐就又睡着了，软件里循环着她剪辑的这一段。

这时候，田会计穿着拖鞋在客厅忙活什么，一会儿就听见她呵斥老董的熟悉声："你赶紧去买吧，都几点了，别看了！一会儿就没有了！"

老董"嗯"了一声准备站起身的时候，董小姐在屋里喊："妈，我想吃煎饼！"

"啊，你起来啦？起来了就自己去买，你爸看大盘呢，屁股跟铅一样铸在椅子上了。你们老董家真是一脉相承，你说你从小看电视，不管不顾地一屁股坐在遥控器上，坐在水果刀上，那还少啊？追根溯源，这基因在你爸身上。你上回托人带回来的超薄电脑不就是让他一屁股坐黑了么？后来也没修好吧？他坐在上面足足2分钟都没感觉出来，你说他也不觉得硌，眼大无珠……"

当娘亲的独白从对董小姐的指令渐渐转成对老董的控诉的时候，董小姐已经刷好牙穿好衣服，准备出门了。在美国时，董小姐可以更高效，她可以在电动牙刷转动的2分钟内，把隐形眼镜戴好，把衣服穿好；牙刷停转的时候，她也干净利索地出门了。可是在北京，她用的是她娘亲压箱底的来自玉泉山酒店的全手动牙刷，穿着衣柜里5年前的一套休闲装。

董小姐走出家门，又被田会计追回来："你拿上个锅买豆腐脑。哎呀，5块钱哪儿够啊，你多拿点儿！"

董小姐晃晃悠悠地下了楼。天气可真好，风继续卷着黄土，小区的树叶"哗啦""哗啦"地响着，美妙极了，那音效最配这满眼的墨绿色。董小姐觉得这种早上提着小铝锅在楼下排队买煎饼的生活，不比在加勒比海游轮上排队等着吃龙虾的日子差多少。

煎饼摊前队伍不长，董小姐排在第三个的时候，排第一个的说："师傅给我来六个！三个俩鸡蛋的，一个微辣，一个不要葱姜，一个不放薄脆。"董小姐当时就蹲在地上了。

这世界上本没有不需要付出的幸福。

10点，手机闹钟响起。董小姐一看，记事簿在提醒她今天去看望卷毛儿的妈妈。

董小姐怕见到卷毛儿，心里特别忐忑。到了才发现卷毛儿把妈妈接出去逛街了。

养老院里来了很多临终关怀志愿者。董小姐趁他们吃午饭的时间，跟其中一个和她差不多大的女孩聊起来。

"你看到100岁的老人跟你说你的家人和朋友都会离你而去时，会毛骨悚然，但是也有特别温馨的时候。"

董小姐掏出录音机，示意她继续说。

"我们这里有个顾奶奶，已经91了，跟一个89岁的李奶奶特别好，两个人挨着住，早上一起遛弯儿，中午吃饭也要在一起，绝对的中国好闺密。后来她们的家人来看望，才知道俩人早就是几十年的朋友，都有点儿轻微的老年痴呆了，居然谁都不记得谁了，却能重新做朋友。大家都唏嘘感慨，人的友谊多有意思，老到把你忘了，再重新跟你交朋友，脑子不行了，感情还在，莫名地就还要当你的好闺密。这是不是比海枯石烂还浪漫？"

董小姐在养老院的花园里看到了中国好闺密——顾奶奶和李奶奶。

"我们去晒晒太阳吧？"

"好呀，天气真好。"

"你的裙子真好看！"

"哦，是吗？我觉得也是！"

刚走出养老院，董小姐忽然收到卷毛儿的微信："听说你来看我说评书了，而且还去看了我妈。你是不是想追我啊？"

董小姐看着笑了出来，回了四个字："找抽吧你！"

朋友圈里，姚大夫除了继续发布婚礼筹备的照片，也转发了一条P大人类学系募捐的广告。

"以前蹭了不少人类学系的课，对你来说可能是钱，对有些人来说是事业和梦想。"

董小姐明白姚大夫蹭的人类学系的课都是和她一起上的，后面的话也是说给她听的。她心里酸酸的，也甜甜的，马上去捐了100元，自己也转发了一遍："学这个的，没有谁是为了钱。离目标20万还差不少呢，大家有钱出钱、有力出力。"

姚大夫依旧没有给她点赞。

"姚之好！你怎么比我还小心眼儿！"董小姐把朋友圈刷了又刷，无可奈何。

第二十七天

6月6日

（北京）

星期一

晴

20℃

董小姐到香格里拉大酒店的西餐厅来见姚大夫的父母，这是她去泰国前就约好的。姚大夫的父母很早就离异了。俞家在上海是医学世家，姚大夫她妈虽然不是名医，但姚大夫的舅舅，也就是大表姐俞盈盈的爹却是开药厂的，有钱有面子。而姚家老一辈也是给首长看过病的，在北京也很有地位。姚大夫她爸是兽医，虽然医术高明，架不住老被俞家嘲笑，终于愤然离婚。

　　董小姐给老死不相往来的这对儿录音，是俞阿姨先提出来的。虽然姚叔叔想分着录，最后也在俞阿姨的再三要求下到餐厅里商量。

　　"你看这还这么多背景音乐，乱哄哄的，我就说去我诊所就好了！"姚叔叔抗议。

　　"你们诊所都是阿猫阿狗乱叫，有什么好的啦？背景音乐多好，免费音效。"俞阿姨唱着反调。

　　"叔叔阿姨别着急，这儿就可以。我这个话筒是指向性的，收音效果可好了，你们对着话筒说就行。"

　　"萌萌，还没朋友吧？"俞阿姨笑眯眯地开始八卦。

　　"你怎么哪壶不开提哪壶？那还不是你们俞家干得好事儿！"

"你莫要起哄好伐啦！多长时间的事情啦。我跟你说萌萌，刘航他娶俞家的姑娘未必是他的幸运，我们俞家挑得很。你看你姚叔叔当初一表人才，还不是给气走了，俞家女婿不好做的。我们那个盈盈又作得紧，可像我当初的风格。他们我是不看好的，我跟你说。"

"不是萌萌结婚吗，你说你侄女干什么？"姚叔叔说。

"萌萌嘛，萌萌就懂事多了，不像我，爱着急的。"俞阿姨接着问，"萌萌，这次没来家里玩儿啊？"

"没，这次比较忙，没时间。"董小姐感觉二老还不知道她们在泰国"开撕"的细节。

"对嘛，我就看她天天不回家，回家也坐不定5分钟。我跟你讲啊，姚学军，你女儿这次婚礼不知道是不是要搞上天了呀。那天她跟我说，那个什么翻糖蛋糕就要上千块，我就说你问问看你爸要不要出这个钱嘛。她居然还吼我。"

"哎呀，就结一次婚，你由着她嘛。上千怎么了？我出就是了。你老是要跟她吵架！"

"叔叔阿姨，我准备好了，随时可以录……"

"好的好的。"姚叔叔和俞阿姨应和道。

第
二
十
八
天

6 月 7 日

（北京）

星期二

晴

20℃

董小姐收到了电台认证，被频道推荐，才三天收藏人数已经突破 3 万，留存率到了 26%。"心之所向"那一集已经破了 30 万的收听人次。

董小姐在网上更新的时候，微信上收到胡伟峰的留言："董小姐，你们这个电台就你一个人？"

董小姐差点儿忘了这个人是谁，看到他微信上的介绍，才恍然大悟，原来那是她在人才交流市场吸烟区认识的"故里文娱"创意总监。

"我们现在有意向对你这个电台进行投资。"胡总监的语音发过来。

董小姐惊得手机都飞了出去，脑子里想的第一件事儿就是："我不念会计了！"

"你不是就是玩玩儿么？你不学会计怎么留美国？"田会计说，"你录这个能挣多少钱啊，总要有个旱涝保收的职业吧？"

老董也在一边有点儿顾虑地点头。

"可是他们要是给我投资，我就有稳定的收入了呀！"

"中国的事情你不懂，市面上能忽悠的人多着呢。"田会计语重心长。

"你懂什么呀！就会给我念咒！"

董小姐冲出家门，找了个鲜榨果汁店坐下来，在微信上谈生意。

和胡伟峰的微信对话变成了一个三人的群。

"萌萌啊，我是陈超，你叫我超哥就行了。"

"董小姐，这是我们的幕后投资人，陈总你们聊。"

"萌萌啊，我给你 100 万，你别去学会计了！你就留在北京把这个项目做大嘛。"

董小姐听完这句话恨不得马上转发给田会计，可惜语音不能转发。现在她又恨自己刚才不应该摔门离家，就可以拿着语音炫耀了。

"你们这些人死脑筋，就知道读书。"超哥还在滔滔不绝地说着，董小姐不住点头。"你早先留学那些钱在北京买套房，现在市值也快上亿了。"

"我有全额奖学金的。"董小姐终于插了句话。

"对啊，你用奖学金买个房。"

"奖学金，你不学，就不奖给你了！"董小姐小心翼翼地说。

"唉，跟你说不通。总之，你不要上学了，回来把这个电台弄好。说实话，我要知道你长这样，你要不要考虑做视频啊。你看你可以当网红嘛，现在有个叫 papi 酱的，你也加点儿搞笑元素嘛。你弄个优酷的平台嘛。"超哥语速超快。

"您什么意思？"董小姐没回过味儿来。

"反正，我都答应你了，我给你钱，你把这个继续搞下去。"超哥说。

"视频这个我不是没想过，但是视频操作的要求更复杂，受访人也会更局促一些。而且音频的话，我在海外的操作性挑战更小一点儿……"董小姐极力解释。

"你帮人数钱，比帮自己数钱开心是吧？在海外怎么操作！"超哥非常不满。

董小姐被教训得丈二和尚摸着头脑。这时候她才发现自己连个商量的人都没有。她想发一个朋友圈问问大家，打出"万朋圈"几个字，才发现发万朋圈的无奈。这种事情还是要和并不万能、但要是没有却万万不能的那几个人聊聊。

不知不觉间董小姐就来到了卷毛儿带她去过的海归互助小组"猪八戒俱乐部"。大家互相问候，还有人问董小姐"绿帽哥"怎么没来，原来大家都只是心照不宣而已。董小姐把"拆二代"陈超要投资《人在北京》的事情一说，大家就七嘴八舌地讨论开了。

"忽悠的成分还是挺高的，萌萌。你让老大先给你查查这什么'故里文娱'的底细，他在创投圈儿认识的人很多。"

"你这个数据还是挺不错的，有前途。但是现在才刚开始就说要投资，未免也太着急了，不像一个理智的投资人。当然，国内文创圈不理智的投资人有两种可能，一种是人傻钱多，第二种就是用你洗钱套现。第一种我只听过还没见过，第二种倒是满街都是，你可一定要小心。"那个叫曾淼的男孩儿提醒，"其实也不用那么悲观，节目和品牌是你自己的，你要保护好，这是最最重要的。"

董小姐深深被这些萍水相逢的人感动了，虽然大家对投资人都持有审慎的态度，但是没有一个人觉得她是在做白日梦。

"虽然很累很辛苦，但是如果这是你想做的，没什么是你不能做的呀！"主持人说。

"别老患得患失的。我们拿绿卡多不容易呢，回来以后说放弃都放弃了，你就拿个学生签证有什么好心疼的。要做自己喜欢的事情，不管在哪儿。"

"对啊，你要真的喜欢当会计就去读书。国内虽然空气差一点儿，但是没有梦想的生活质量是空气质量再好也取代不了的。"

"我们虽然聚在一起老抱怨，但要是真的那么喜欢美国，我们早回去了，谁会大礼拜二跑来这里。都是情怀，nostagia（怀旧），懂不？"

董小姐使劲点头，努力记住这些肺腑之言。

第二十九天

6月8日

（北京）

星期三

晴

20℃

P 大校友办公室系来了电话，感谢董小姐捐款。她只记得两三天前跟着姚大夫转发的 P 大人类学助学金的募捐。

　　"学这个的，没有谁是为了钱。离目标 20 万还差不少呢，大家有钱出钱、有力出力。"董小姐记得自己在朋友圈里这样分享。

　　"呃，我这微信里也没多少钱，不用这么客气吧？"董小姐觉得自己才捐了 100 元，校友办公室就打电话，也太兴师动众了。国内的人工果然便宜，照这么打，美国的大学怕是每天不干别的，光打电话了。

　　"董小姐太客气了。您把捐款数额全都补齐了，总共 178,452 元，不能算没多少钱啊。"

　　"啊，17 万？那不可能，你们系统出错了吧？我有微信收据的，我就捐了 100 元。"

　　"您不是坦途留学服务中心董晓萌么？ 06 级人类学系的。"

　　"呃，对，啊，不，不对！我是 06 级人类学系的，但我不是坦途留学的。"董小姐心里怦怦地跳起来。乖乖，坦途留学。那肯定是郑玄捐的，留我的名字是什么意思啊。

　　这世道怎么了？拿钱砸人很爽是不是？有了昨天 100 万元的"拆二代"，今天郑玄的 17 万元似乎也兵来将挡、水来土掩。

"呃，我们系统里确实是这样写的。电话也是对的。要不您再核实一下您公司的信息。不过，您看我们这个捐款已经结算了，款项也过账了，是不能退款的……"

董小姐听出那边校友办的窘态，感觉自己也分外尴尬。这钱要是给她，她是绝不能收的，但是留她的名字捐款这种套路真是很奇葩。

"那能不能把我的名字去掉啊？你就都算在坦途留学公司头上吧。"董小姐觉得这17万元并不简单，她转发募捐信息的时候，她和郑玄已经不说话一周了。董小姐拔完智齿后，郑玄就对她不闻不问了。想想被坦途狼狈地开除，人事部小姐给她结账时的那番奚落，董小姐一身鸡皮疙瘩。

"呃，这我做不了主。我就负责打电话给您，确认一下联系方式是否正确，以后学校有活动希望能邀请您参加。你也可以代表坦途留学来做些宣传，我们也可以给今后的活动冠名啊，奖学金冠名，等等……"

"还今后？！没有今后了！"董小姐吓得不轻，"不是，我的意思是凡是需要留名的都留坦途留学，我已经跟他们没有关系了。"

"那还请您跟他们联系吧，我们这里只有您的联系电话。捐款数额也到位了，备注就写了您的名字和电话。我们本来是想看这是以您的名义来做公告呢，还是以捐款人的名义。"校友办那边听起来也是一个头变两个大了。

"忘了问你贵姓。" 董小姐也觉得很不好意思，但是郑玄这一招"借花打脸"真是太厉害了。她忽然在乱了的阵脚里看清了头绪。

"免贵姓王。"那边被突变的语气感动了，也喘了口气，"你叫我小王就好了。"

"小王，你看这样，我明天再和你联系好不好？"董小姐不急不慢地说，"一会儿你也可以跟你的上级反映一下这个情况。这是一家已经和我解约的公司捐的，我并不知情。当然我无意也没有任何权利要求退款。目前呢，他们的法人既然没有出现，也没要求你们有任何公关措施，我建议可以等他们联系你们。如果一定要写公告，可以署名坦途公司，但不能用我的名字。既然只留了我的电话，至少默认我是受惠人，那么也应该考虑我的意见；如果非要公开我的名字，我保留追究法律责任的权利。我会尽快和坦途公司法人联系，尽快给你交涉的结果。你看这样好不好？"

"好好好好好！"那边连爆出五个好字。小王说："董小姐，我在校友办工作4年了，有挂名捐款的，有匿名捐巨款的，有认捐不交钱的，就是没见过被人认捐还要走法律形式不署名的。我等您明天给我回电话！"

挂了电话，董小姐一边给手指甲涂了黑色，一边试图理清思绪。

"下这么贵的一盘棋，我不能浪费。"她又自言自语起来。

指甲油干了的时候，董小姐给郑玄留了个言："有事儿要面谈，约吗？"

"约！"郑玄很快回了，"周五中午12点，魔力。"

"好。"董小姐也是秒回。

董小姐一整天没出门，把姗姗给的三篇外刊的大稿都翻译成了英文。一抬头天都黑了。田会计从她身边走过，看了看董小姐一屏幕的英文字，笑了笑："还会写个英文。你说你是不是跟我们那年代村里帮人写信的文书一样？"董小姐也笑了笑，田会计难得夸她，这虽然听着别扭，但是亲妈的鼓励还是非比寻常。

第三十天

6月9日

（北京）

星期四

晴

20℃

"小姑，你去读书吧，要不然三爷爷三奶奶饶不了你。这边我们可以帮你采访呀。对了，新专辑的封面我都帮你设计好了。"董东在微信里说。

　　董小姐并不知道田会计和老董都是怎么在老董家群里声讨她的，她更不知道董东说的"我们"都包括谁。

　　"就我，司老师和胖结巴呀。你没看见司老师在他电台里给你做宣传吗？司老师说书的电台也有好几十万听众呢，一条口播广告也值不少钱呢。"

　　董小姐刷微信刷出老董转的一条新闻，标题居然是"最新消息：海关查微信，现在托朋友海淘也会上黑名单，扣税加倍"，忍不住乐出了声。把微信截屏转发给卷毛儿，卷毛儿马上分享到"猪八戒聚乐部"的群里。

　　大家都对公众号混淆视听的能力赞不绝口。

　　"咱不会被封吧？"一个人问。

　　"封就封吧，咱这 200 + 的阅读量也不可惜，主要是为了提高家长们甄别假新闻的能力。"

第
三
十
一
天

6 月 10 日

（北京）

星期五

晴

20℃

董小姐在9层的接待处等了一个多小时。12：30的时候，有一个漂亮的西装女出来看了一眼，并没请她进去，而是跟她说："郑总马上就好。"董小姐拿着kindle继续读《瓦尔登湖》，心中已经开始为一会儿的会面打腹稿.

Scenario 1 场景一（《英雄》里张曼玉杀梁朝伟那段　沙漠狼烟）

　　"你等得久么？"郑玄白色长衫，提刀来战。

　　"不久。"董小姐绿色长衫，在风中屹立，修长明晃的剑护在身后。

　　"一个多小时吧，还说不久，对我这么有耐心啊？"郑玄的自大和能耐都不小。

　　"我懂得尊重别人的作息和待人习惯，应该是我家教不错才对吧。"凛凛的风拂着董小姐的长发。

　　"找我什么事儿。"郑玄开始弧形踱步。

　　"有一笔捐款……"董小姐侧身和他迂回。

　　"哦，不必说了，你觉得有意义，我也觉得有意义，支持一下喽！"郑玄打断她，靠近她。

　　"那郑总怎么留了我的名字？"董小姐停下脚步，挑了挑眉。

"哦？真的吗？秘书执行的，可能他搞错了吧。"

"如果捐款的金额搞错了还情有可原，可是备注里写我名字和电话，感觉还有额外的意思。"

"有么？你希望它是什么意思呢？"郑玄说话一定是八面玲珑、两边带刺的。

"我？当然希望您骑着白马来救我于水火，我洗白白把自己献给您了。"董小姐打算诱敌深入，双眼锁死郑玄。

"哦？让我闻闻还用不用洗了。"郑玄和董小姐只有一个矿泉水瓶的距离。

"开玩笑的，郑总。"董小姐这时已经飞身腾起，像张曼玉一样一个矫健的后空翻，立在郑玄的对面，宝剑出鞘直逼他的胸口，"我的意思是您别把您那点儿意思跟我这弄成不好意思。"

说时迟那时候快，董小姐宝剑刺入郑玄胸膛，他面露疼惜，紧缩眉头，你……"

董小姐绕到他背后，并没有跟他做人形串烧的意思，而是把剑埋得更深了。

"爱过……"董小姐对着跪在地上宝剑穿心的郑玄说。

马踏飞燕，绝尘而去。

Scenario 2 场景二（《卡萨布兰卡》里机场黑白色调"As Time Goes By"音乐铺底）

董小姐是 Rick 男主的造型。

"郑总，请把奖学金捐款上我的名字去掉吧。"

"可是，我们……"郑玄是 Ilsa 女主角的扮相。

董小姐踩在一只木箱子上才能摆出俯视郑玄的角度，抓紧他的双手。

"我们不能再继续下去了！"董小姐一副忍痛割爱的模样。

"不！萌萌，不要！我刚和律师谈完，股权都转让了，我要净身出户！"郑玄撒娇一样依依不舍。

董小姐抱住郑玄的肩膀说："过去的就让它过去吧。你现在和你的钱分开，也许不是今天，也不是明天，但不久，你就会抱憾终生。我不愿承担这个责任。"

"那我们呢？我们说过永远也不分开！"郑玄的眼睛闪着女主角才有的泪花。

董小姐面瘫脸，坚毅地说："我们不会分开的。我们会有我们的回忆。三个人的纠结对这世界太微不足道了，你以后就会懂了。Here's looking at you.（我在这里看着你。）小傻瓜。"

董小姐把郑玄推上飞机，自己踏着《国际歌》准备迎接纳粹的拷问。

Scenario 3 场景三（《星球大战》里 Darth Vader（达斯维达）跟卢克天行者一战的未来空间）

董小姐和 Darth Vader 装束的郑玄先是一场较量。郑玄把她逼上钛合金的悬桥，还用光剑削了她的右手。

董小姐捂着自己的伤口，步步后退。

"别再抵抗了！"郑玄说话的声音也像 Darth Vader 一样。

"绝不！"董小姐爬到悬桥的尽头，"你以为你 17 万就能买我的真心，你错了！"

"你太弱了。来，跟我在一起，我教你享受人生。你没见过的世面还多着呢！"郑玄继续逼近。

"我可以靠我自己！"董小姐往桥下看，下面是万丈深渊。不知道这个飞行器到底有多大，自己的原力能不能救自己。

"董晓萌，我是你的真爱！"郑玄看她无路可退，没有再逼近，而是摘下面具。"你如果听从你的心声，你就应该知道，我是爱你的！"

"不——"董小姐绝望得哭喊着，"我没有你这样的真爱！"

然后义无反顾地跳下深渊！

董小姐的三个白日梦做完，心情大好，自己把自己逗得颇为开心。这时候，一看表已经1点多了，郑玄被一群人簇拥着下了电梯。之前出来过的西装笔挺的秘书从人群中挤出来，跟董小姐鞠了一躬说："郑总今天实在脱不开身，能不能跟您另约时间？"

"不用另约了。我大后天回美国了，请你代为转告，请他多保重！"

董小姐收拾起自己在会客厅的东西，大步走了出来，外面阳光正好。

董小姐觉得自己虽然无法得到一个满意的结局，但是在电梯间穿过人群，她和郑玄四目相对的瞬间，也算是一个了断。

他对她的好意和恶意都融在17万元里面。对董小姐来说，这个价值刚好代表了他们的这段感情：听上去很多，实际上却什么都不是。

第三十二天

6 月 11 日

（北京）

星期六

晴

20℃

姚大夫婚礼当天，早上8点董小姐还在睡觉，却接到大表姐打来的电话："姚大夫不见了！"

　　董小姐没好气地说："你报警了吗？找我干什么！"

　　"从昨天晚上小鱼跟张晓吵完架就找不到人了，我用Iphone定位也定不出来。"大表姐有点儿哭腔。

　　"怎么现在才说？！"

　　"我以为她去找你的，今天早上就能回来了。"

　　"你有嘴不会问吗？"董小姐理直气壮。

　　"我……哎呀，现在问了的呀！你倒是想想，她会跑到哪里去啊？"

　　"都找过什么地方了？"

　　"娘家，医院，学校，以前住的地方。"大表姐细心回忆。

　　"等等啊。"董小姐收到卷毛儿的微信，还有图。

　　"怎么了？"大表姐追问。

　　"有人给我发了张照片……"董小姐拉大卷毛儿发的照片，姚大夫蹲在观测台脚下。

　　"哎呀，你还有时间看照片！"大表姐埋怨。

　　"她在师院附中！"

"我们找过了的呀！"

"在观测台！"董小姐有点儿着急，看照片里姚大夫的样子不知道受了什么委屈，比自己受了委屈还心疼。

"你帮我看着她，我马上就到。"董小姐给卷毛儿发了微信。

"你等着，我现在过去接你！"大表姐火急火燎地说。

"不用了。我自己打车去，很快的。"董小姐懒得再说。

"你下来吧，我就在你楼下。"大表姐秒回。

"你刚才一直都在我楼下？"

"哎呀，找人要紧！"大表姐不愿意承认自己其实一直在董小姐家楼下等着。

"对不起，让你出丑了，我们天蝎座侬晓得的，那是不会手软的！"大表姐一边开车一边说。

"你还有理了！"董小姐望着窗外雾霾中的北京。

"其实我一直觉得你蛮有腔调的。"

"你不用跟我这儿找补。"

"你看我这么优秀的女生，在北京交不到朋友的，看不出来吧……"

"太看得出来了！"董小姐笑了。

"我表妹跟你真好，我们全家都知道你，鼎鼎大名的。我其实挺羡慕的。"大表姐忽然有点儿哽咽，"我们生了孩子就要搬去上海了，我不想跟你一样，最好的朋友天各一方。"

"少来这套！你不是还有刘航么？"

"哎呀，你知道的，怎么会一样的嘛。"大表姐试图掩饰自己眼角的泪水，但还是被董小姐看出来了，"我会告诉你我和刘航去看《匆匆那年》的时候他偷偷哭了吗？他肯定是在哭你。"

"你们俩结婚以后，他一次都没联系过我，我猜他要是过得不快乐，不会这样的。"

"真的呀？他真的都没联系过你么？"大表姐目光一下亮了。原来她和所有女孩子都一样。

董小姐心肠软了，所答非所问道："那什么，真有'游客型人格'吗？"

"哎呀，你还真信？我顺口说说的。"大表姐得意得很，跟刚才判若两人。

"靠！散布歪理邪说！你个死上海人！"

"切，就许你作，北京宁！"

到了实验楼下，大表姐说："你上去吧，我就不上去了。"

"为什么呀？一起吧！"董小姐有点儿调笑，并没真想邀请她。

"哎呀，我怕她不想见我么！现在婚礼弄那么贵，都是我的错。我没脸见她的呀。"

"得嘞！"董小姐三步并作两步。

"我要去婚礼现场安抚人心，你9点前把人带回来，能做到不啦？"大表姐在楼梯一层喊话。

"我为什么要听你的？"董小姐停在二楼拐角。

大表姐翻白眼："你是首席，都听你的，你说怎么办伐啦？"

"那我就看着办吧！"董小姐连说话声里都带着笑意。

姚大夫蹲在观测台地上画圈，像个走失的孩子。董小姐一看眼眶就湿了。

姚大夫抬头看到她，委屈地说："我和张老师吵架了，他说婚礼花太多钱了。都是大表姐的主意，一直加东西。我都说我不要那么高级的灯光了，她还说要请乐队。"

"就是，真烦！早看她不顺眼了！谁的婚礼啊？一会儿我偷偷往她身上弹鼻屎去。"董小姐一句话就让姚大夫破涕为笑。

短短的沉默之后，姚大夫轻轻地说："对不起，我没有不想让你参加婚礼。"

"没事儿。我知道。"董小姐终于忍不住，还是哭了。

"你看，字还在。我真不敢相信，以后我就是张姚氏了。"姚大夫说的是董小姐和她在观测台台阶下面水泥地上刻的小伞符号，"董姚氏""姚董氏"在伞柄的两边，高中语文课学来的古代已婚妇女命名法。《乱马》那套漫画书里，总有女孩把自己心爱的人这样和自己的名字框在伞下祈祷白头偕老。

"嗯，董姚氏、姚董氏永远在一起。"董小姐看着那几个字，有点儿泣不成声的意思，只能点点头。

"怎么办，为什么我们都变了？"姚大夫说着，下嘴唇一直在抖。

董小姐抹了把眼泪，故作镇定地说："变了也没什么不好啊。"

"可你呢？我觉得我丢下你了。"姚大夫终于又哭了。

"是我先丢下你的。"董小姐吸了一下鼻涕，"我先出国的，那么长时间都不在你身边，连说话的时间都没有……"两个人都已经说不下去了。

基本上，俩人在哼唧中传达了彼此的友谊不怕千锤百炼、千山万水的意思。

哭了一阵子，董小姐擤了擤鼻涕，手还捧着姚大夫的脸说："姚之好，你别担心。我也会慢慢好起来的。 就算你先走一步，给我当小白鼠，给我打报告。"

"Yes, Madam!（遵命，夫人！）" 姚大夫被董小姐拉起来。两个人手拉着手走下实验楼。

"张老师他们单位的领导还没到，可能还得再等20分钟。"朱主任崩溃地说。

"我紧赶慢赶地带人回来，你让我婚礼现场等领导！"董小姐像是有点儿要吃人的样子。

大表姐说："你少来了啊，没在中国上过班别瞎打嘴炮可不可以？他们领导不来，仪式是绝对不能开始的。你这么厉害，你去长安街开道接人去！"

姚大夫从化妆间跑出来问："怎么了怎么了？"

大表姐和董小姐异口同声："没你事儿，化妆去！"

卷毛儿用自己的翻斗儿换了一辆"饿了么"电动车，把张老师学校的领导及时从一望无际的车阵里送到婚礼现场。

总算安排停当，董小姐收到姗姗的微信语音，以及一张像罗马雕像一样的帅哥照："我马上上飞机了，去上海出个小差。对了，看在你老给我帮忙的份上，我也不能见死不救。Here's your（这是你的）帅哥。他本来是拍西装的男模，最近老不守纪律，迟到早退的，我们老板要教训他一下，发配给你，可以随便蹂躏啊。叫Yuri（尤里），意大利的，英文一般，但是人帅，放得开。你懂的。"

董小姐听完微信，换了一半的伴娘装，也要腾出手来火速给姗姗打过去。那边是登机的广播，只听见姗姗说："哎呀，客气啥啊，算白送你的。记得给我们写好评哟。我得关机了，空姐看着我呢，不跟你聊了啊！"

"我不是说不要了吗？"董小姐的话还没说出口，那边已经挂机了。

"萌萌？"

"啊？"董小姐穿着伴娘装，正在会客厅门口张望，一转身和刘航撞了一个满怀。

"你怎么一点儿都没变啊，空间感觉还那么差。"刘航扶了她一把。温暖的手碰到她的上臂时，董小姐清晰地感觉到浑身的汗毛都立了起来。眼前这个穿着西装、戴着眼镜、眼眶深深的家伙，就是她的初恋本尊了。

"嗯，你……"董小姐此时千言万语不知道从何说起。她本以为今天就算见到，也是一群人隔空对望一下而已，怎么会有这种对话时间。

"这位外国友人找你。"刘航说。

"外国友人？"董小姐心想，不会是汤姆回心转意了吧。歪头一看，刘航身后站着一个更高更帅的型男。这肯定是姗姗派来的西装男模了。

"Yuri？"董小姐在刘航面前对意大利帅哥不想有一丝丝谄媚，但还是禁不住赞叹姗姗他们公司模特的水准。心想这种货色不去演电影真是浪费了，拿来给自己充路人，用大表姐的话叫什么，"不腻不三"，绝对能把大表姐的鼻子气歪了。董小姐脸上虽是公事公办的样子，眼睛却笑眯成了月牙状。

"Si，mio bella Meng, I'm here for you.（嗨，我美丽的萌，我为你来了。）"帅哥二话不说绕过刘航，一个旋转抱加扶腰接吻。

董小姐、刘航，以及远处送完领导正准备去换车的卷毛儿都吓得大叫起来。

"啊……"

就卷毛儿的拖音最长。

还好董小姐双手捂嘴及时，意大利帅哥只亲到了她的手背。

"Yuri, I don't need you anymore, I'm OK.（尤里，我不再需要你了，我很好。）" 董小姐跟帅哥解释。

"Perche？ Is this the man？（为什么，这是那个男生吗？）"Yuri意大利腔的英文乱喷，指着刘航问董小姐时，皱着眉的脸更加帅了。董小姐一时不知道自己刚才为什么要捂嘴。

"我是她男票（男朋友），我是意大利'高帅富'。"Yuri一字一顿地跟刘航说，中间还停了一下，所有人都看他在偷瞄手上打的小抄，"你哪凉快去哪儿吧。"

董小姐一边爆笑，一边摇手，"No, I don't need your service anymore. You can go home now.（不，我不再需要你的服务了，你回家吧。）"

刘航让他说得莫名有点儿气鼓鼓的。

这时候，震惊中的卷毛儿也凑了上来，一副要把意大利人拽走的架势。可是Yuri明显没明白董小姐的英文，以为卷毛儿才是她需要达到"晒幸福"的冤家，顿时又把刚才的那句送给了卷毛儿。这回一气呵成，没有再看小抄。

"我是她男票，我是意大利'高帅富'，你哪凉快去哪儿吧。'

卷毛儿瞪了一眼董小姐，看了一眼刘航，欲言又止，转身就走了。

"司徒！"董小姐想叫住他。这时候她脑子转得飞快。1.刘航站在她面前，她居然没有哆嗦了，不是因为Yuri帅，而是因为她心里有卷毛儿。2.卷毛儿肯定是误会她了，这不行。

"我喜欢你！"

这么一喊，刘航和Yuri全傻眼了。意大利帅哥戳了一下刘航，用特别生硬的英文问："She loves him？（她爱他？）"

"like, she said like!(喜欢，她只说了喜欢！）"刘航使劲更正。

卷毛儿停了一下，没有转身，还是走了。

董小姐万念俱灰，继续用英文跟Yuri说："你愿意蹭吃喜宴当然没问题，但是绝对不可以说是我男朋友。"

"那我说我是你的炮友？""炮友"两个字Yuri直接说了标准中文，看来没少用这个词。

董小姐和刘航当场都喷了。

"你说你是我的雇员，我是你老板。"Yuri点头，对老板这个词似乎也特别熟悉

"明白了，老板！"

刘航一脸疑惑，"什么雇佣关系啊？"

董小姐苦笑一下："他当模特的。白猴子听说过么？中国人不是特别喜欢吗。我一不小心，弄巧成拙，算入乡随俗吧。"

把刘航更说得更是一头雾水了，刚想问卷毛儿的来历，可是眼看大表姐穿着和董小姐同款的有点儿土的紫色伴娘装在后台张望，刘航马上悄声走进会场，落座，连招呼也不跟董小姐打。

"你找个地方坐吧，吃完就可以走了。"董小姐对 Yuri 无奈地摇摇头。刘航这篇儿，竟然是这样从此翻过的，也算是出其不意。

董小姐、大表姐、朱主任、网红妹一字排开，姚大夫终于站在了舞台中央。婚礼开始。董小姐泪流不止。

主要的仪式进行完毕，新娘新郎换衣服的时候，电脑 DJ 被花童贝贝倒了杯可乐，现场顿时没有音乐了。董小姐想了想，把自己手机连上音响。

音响里传来后海那个小哥唱的情歌，还有泰国的海浪声。她们伴娘团为了"你画我猜"互相嘲笑的声音。

下雨的声音。

"大家好，我是萌萌，欢迎继续收听《人在北京》。今天的主题是'友共情'。因为我的发小儿今天结婚了！姚之好，你是这个世界上最棒的女孩儿。你值得拥有最纯真的爱、最甜蜜的温暖。请让我把我知道的最好听的声音送给你，送给我们一起长大的这座城市。"

混接的是北京的声音。升旗的仪仗队，早上遛鸟的老大爷拍树，学生们在楼下打乒乓球……

养老院志愿者讲着中国好闺密的故事，最后是姚大夫的父母。

"姚之好，你今天出嫁了，要好好孝敬婆婆，孝敬父母。你注意自己，别老生气。之好，从小到大妈妈没少打你。"姚大夫的妈妈俞阿姨的声音有点儿哽咽，在场很多人也跟着落泪。姚大夫这时已经换好礼服，重新出现在人群中。

"有时候打完你，其实我也挺后悔的，妈妈是爱你的。"

这时候音轨里突然出现了姚爸爸的声音，也有点儿坐不住了，插了一句："哎哟，你这个人，说这个干什么呀？我闺女要嫁人了，我不同意你说这个。"

听脚步声好像走到了一边。大家都被这充满喜感的一句逗笑了。

"做什么呀你？萌萌到时候还剪辑呢。" 俞阿姨对着姚叔叔呛声时，那女强人的派头又展露出来了。

"小鱼，妈妈真的希望你好。以前做得不对的地方，你原谅妈妈。"姚大夫刚为自己爸爸的搞笑露出笑意，此时又再次哭花了新娘妆。

这时候，姚爸爸重新回到话筒前来，声音颤抖。姚妈妈也哽咽得不再说话。

"我姑娘长大了！爸爸祝贺你，好好跟张晓过日子。我跟你妈也不是好榜样，你是我们俩的全部幸福。婚姻不易，且行且珍惜！"姚爸爸说出这句流行歌词，自觉风趣幽默。

"我就没什么说的了。姚之好和张晓，祝你们幸福美满，白头偕老！"姚妈妈振作起来，完整地说完。

董小姐的《人在北京》特辑放完，换好衣服的姚大夫跟爸妈抱头哭作一团。隔着人群，董小姐看见姚大夫深情地望着她，用口型对她说："谢谢！"

董小姐忽然想起自己学过一个英文词叫 compersion，这词没有直接对应的中文翻译，但是表述的就是当看到自己爱的人被爱时的幸福感，它是嫉妒的反义词。董小姐曾经羡慕嫉妒过很多人，可是这一刻，看着红毯尽头幸福的姚大夫，她觉得自己也是幸福的。

这时候，周华健的歌声响起来了——周华健本人居然边唱边

239

走出来了。全场都被惊呆了。

"恭喜姚之好和张晓，祝你们新婚快乐，白头偕老！下面这首《明天我要嫁给你了》是你们的大表姐为你们带来的。"

当全场大合唱《朋友》时，董小姐在洗手间门口撞见刘航在不远的地方抽烟。董小姐觉得尴尬，只好退了回去。突然听见他一拍大腿说："我就说他看着脸熟么，原来他是'绿帽哥'嘛！"

"怎么啦？你还吃醋了呢！"大表姐尖刻的声音从看不到的地方响起，"不让你抽烟了，你还抽，我都快三个月了！"

"这不是喜烟么，小鱼点的。你让我抽完好不好？"刘航克制地抗议着，"你快回去吧，不是不能闻烟味么？好好，不抽了，跟你进去。"

刘航熄灭香烟，挽着大表姐回到会场。

董小姐窃笑了一下。这场婚礼并没有想象中那么毁灭性，至少现在她还是全须全尾的，至少没有在刘航面前摔一个狗吃屎。至少她心爱的姚大夫在爸妈的爱中，在周华健的歌声里出嫁了。

董小姐微笑着走出礼堂，门口一个长腿的家伙穿着"饿了么"的制服靠在翻斗摩托车边，把头盔一摘，一头卷发在阳光下有点儿耀眼。

"你怎么回来了？"董小姐笑到牙花子都露出来了。

"我去换车啊。总不能带着我女朋友骑电动车啊，一点儿都不帅气！"卷毛儿把头盔扔给董小姐，对董小姐神清气爽的表情惊讶又满意，而董小姐对卷毛儿突然抖落的"女朋友"三个字也没有穷追不舍。

"意大利'备胎'还在里面呢？"卷毛儿关心地问。

"嗯，混吃混喝可开心了，而且我看他要祸害小网红那对儿。我就打算见死不救了。"

"这么坏的事儿，你都干得出来？"卷毛儿问。

"让她吃吃苦，她的孙悟空一定会来救她的。"董小姐仿佛在说张雨桐，又仿佛在说她自己，"省得她忘记孙悟空的好。"

卷毛儿发动摩托，两人飞驰进长安街的阳光里。

第三十三天

6 月 12 日

（北京）

星期日

晴

20℃

"你说他这么开，会不会把脸吹中风啊？"田会计看着顺风车后面开着跨斗儿紧紧跟着的卷毛儿，把头扭回来问董小姐。

　　"哎呀，那不是有头盔吗？"董小姐也回头看了一眼，卷毛儿朝她挥了挥手。

　　"你可想好了，别后悔。"田会计也不知道怎么评论。"切，交男朋友还不交个开轿车的，送飞机搞得跟押解犯人一样。"

　　"哎呀，行啦。"董小姐忍不住笑意，"谁当初说他顺眼的？"

　　"我说谁顺眼你就跟谁好啊？"田会计也乐了，"那我还觉得张兴艺顺眼，你跟他好呀？"

　　"像什么话！"老董终于忍不住了。"萌萌你路上小心，到了就给我们打电话报平安。"

　　"Yes, Sir!（遵命，阁下！）"董小姐使劲点头。

　　"记得把东西都收拾好，别再丢三落四的了。"田会计拉着董小姐的手。

　　"那个，小鱼他们蜜月去哪儿啊？"老董有点儿哽咽，问话明显在调整情绪。

　　"希腊。"董小姐也极力掩饰自己被老爸带动的伤感情绪。"哎呀，等她回来的时候，我也差不多回来了。你们瞎伤感什么呀？"

244

番外

董小姐回到美国以后，卷毛儿接手了采访任务，每天负责把录好的素材传给董小姐，再由董小姐编辑播出。

　　卷毛儿在一段素材里录道："董晓萌同学，在过去的一周里，北京又盖了很多楼，修了很多路，出了很多网红。董东的家猪在京郊农场里又生出了一些幼崽。我的前妻、现在的王夫人成天接受采访说自己不想只做'王的女人'；董东在 Instagram 上勾搭上一个美国姑娘，每天来学校图书馆泡着，号称准备 GRE；姚大夫和张老师刚刚收养了一只黑猫，取名警长；她的大表姐 B 超检查居然怀的是双胞胎，现在天天在家安胎，据说要等孩子生下来才能搬家；胖子的店还在勉强维持，感谢你留下的那些龟毛意见，我都让他照办，包括不忙的周二组织单口相声开放麦；周三是'80后'怀旧机智问答夜；另外门前还放了给路过的狗狗喝水的水盆。说到这里……这有一只三条腿的狗正在喝水，长得跟你们家'狗腿子'真像，你听。"
　　卷毛儿在水盆前蹲下，把已经升级的 Zoom 录音笔递到正在喝水的小狗跟前，狗马上就要舔到话筒之际被人拉住了。卷毛儿顺着绳子看到路灯下那个逆光的身影，她身后的槐树被风声吹得沙沙作响。那女孩儿说："'狗腿子'，不许舔，话筒贵着呢！"

（完）